Yo quería entender el universo

Existe un material con sugerencias didácticas y actividades sobre este título que se encuentra a disposición del profesorado en nuestra web.

1.ª edición: enero de 2024

Valentín Beato, 21. 28037 Madrid
www.anayainfantilyjuvenil.com

Diseño de cubierta: David Sánchez
Créditos fotográficos: Istockphotos/Getty Images (Azatvaleev; Aunt_Spray; Ekazansk; In8finity; Libre_de_droit; Sinhyu; Vitalii Dumma)

PAPEL DE FIBRA CERTIFICADA

ISBN: 978-84-143-3490-4
Depósito legal: M-29320-2023
Impreso en España - Printed in Spain

Yo quería entender el universo

Ana Alonso

ANAYA

Índice

Capítulo 1

—¿Seguro que va bien el wifi, abuela? —Emma miró con desconfianza la luz verde del *router* colocado sobre un pañito de ganchillo a la derecha de la tele—. La última vez fue un desastre.

—Qué sí, hija, que sí. La otra vez me pilló desprevenida, no sabía que eras *influencer*. Yo creía que eras mi nieta de toda la vida, la que iba a ser médica.

—Abuela, no empieces. —Emma levantó la maleta morada del suelo para no manchar con sus ruedecillas el parqué impecable y, dándole la espalda a la anciana Esther, se dirigió con su equipaje al dormitorio del fondo del pasillo—. Voy a ser médica, no me pinches.

—Pero esperar un año. Con lo lista que tú eres. Yo de verdad que no entiendo este mundo. ¿Un trece con uno en la Selectividad y no te admiten en ninguna facultad de medicina del país? ¿Estamos locos o qué nos pasa?

La abuela la había seguido por el pasillo. Mientras Emma dejaba la maleta sobre la colcha blanca de la cama, Esther subió la persiana, y el verde intenso del monte se coló en la habitación. Emma se quedó mirando, distraída.

—Con el dinero que tiene tu padre, bien puedes ir a una universidad privada o al extranjero. Cualquier cosa mejor que perder un año.

Emma tuvo que desprenderse del paisaje. Sabía que la abuela no la dejaría en paz hasta que le diese todas las explicaciones que quería.

—El dinero no es solo de mi padre, es de los dos, también de tu hija —comenzó—. Llevan las empresas a medias.

Sabía de sobra que a Esther no le gustaba hablar del éxito empresarial de su hija Laura. Cuando no tenía más remedio, dejaba entrever que, para ella, aquella habilidad para los negocios de su hija y su yerno era, más bien, un fracaso en toda regla.

—Me vas a decir tú a mí lo lista que es mi Laura —replicó en tono de frustración—. Como si no lo supiera. Por eso precisamente te digo lo que te digo. Ya la vi a ella tirar su brillantez por la borda… No quiero que a ti te pase lo mismo.

—Siempre estás igual. Mamá tiene la vida que quiere. Y yo también. Estoy empezando a pensar que no debería haber venido…

Su abuela la interrumpió acariciándole la mejilla y, luego, envolviéndola en un torpe abrazo.

—Hija, no digas eso, con las ganas que tenía yo de que vinieras. Si lo tengo todo preparado. Si es que hablo por hablar, soy boba. Yo soy de otra época, no entiendo las cosas de ahora. Pero ya sé que tú eres listísima y lo que hagas estará bien hecho. Y si lo que se lleva ahora es ser *influencer* y eso te gusta más que ser médica, pues seguro que tú lo haces mejor que ninguna. Eso ya lo sé yo.

Emma estuvo a punto de contestar que podía ser las dos cosas, pero se contuvo. Cuando la abuela entraba en aquella clase de bucles, era mejor no intentar discutir. Cualquier cosa que ella dijera la interpretaría a su modo y la utilizaría como argumento para seguir con sus reproches.

—¿Qué hay esta noche para cenar? —preguntó para cambiar de tema.

A la abuela se le iluminó la cara.

—Te voy a hacer la mejor tortilla del mundo —dijo—. Espero que te siga gustando como siempre...

—¡Claro que me gusta!

Se miraron sonriendo. La abuela asintió satisfecha.

—Como debe ser. Ahora hay muchas que ni la prueban, por lo de no engordar. Pero mira, tú estás perfecta y no te privas de nada.

—Como bien. De una manera razonable, sin obsesionarme con el peso, pero me cuido. De eso tratan mis vídeos. ¿No viste el que colgó mamá el otro día en el grupo de la familia?

—¿El de los pomelos? Sí que lo vi. ¡Si te puse un aplauso y todo en WhatsApp! Te expresas muy bien, aunque a mí el pomelo no me gusta nada. Pero bueno, si tú dices que es tan bueno, mañana bajamos a Alimerka y te compro pomelos.

—No es que lo diga yo. Busco siempre datos científicos para respaldar lo que cuento, me informo bien.

—No necesitas buscar muy lejos, tampoco. Con que le preguntes a tu madre... Después de acabar Biología le dio por hacer la cosa esa de los alimentos. Aunque, para lo que le ha servido...

—Abuela. Mis padres tienen una almazara ecológica, una bodega, una empresa de conservas bio... Yo creo que le ha servido bastante...

—Bueno, pero eso lo tienen por el dinero de tu padre, no por sus estudios. Aunque empezaran contratándola para no sé qué del control de calidad… Ya ni me acuerdo. Ella misma decía que no tenía casi nada que hacer y que la habían contratado porque era obligatorio tener a alguien en ese puesto. Al principio lo decía.

Emma no contestó. Estaba cansada del viaje, y aquella vieja cantinela de su abuela la deprimía. Siempre decía las mismas cosas, y no se sabía adónde quería llegar.

Esther era inteligente. Notó el hartazgo en la cara de su nieta y cambió de tema.

—Dan muy buen tiempo para estos días. Con esto del cambio climático, estamos teniendo unos veranos… El agua de la piscina está buenísima. Ahora, cuando termines de deshacer la maleta, todavía tienes tiempo de darte un baño, si quieres.

—Es que tengo que trabajar un rato. Contestar a los seguidores y preparar un poco el directo de mañana. ¿Me dejas que lo haga desde la huerta?

—A mí, lo que tú quieras. Pero no les digas dónde estamos, a ver si se me va a llenar esto de fans… Que en Internet hay mucho loco…

—A mí me sigue gente muy normal. Muchas adolescentes, y también mujeres de otras edades que quieren cuidar su alimentación, hacer ejercicio…

—Está muy bien —dijo la abuela en un tono que no intentaba disfrazar su falta de sinceridad—. Lo que no entiendo es ese nombre en inglés tan raro que le has puesto.

—¿Morning Owl? Pues ha sido uno de los ganchos del canal. Porque es irónico, le quita hierro a esto de la chica madrugadora que intenta ser perfecta.

—Pues a mí me sonaría mejor en español. Lechuza mañanera.

—Bueno, sí... Es gracioso. Lo contaré en el directo, que tú me has llamado así. A la gente le gustará.

* * *

Cuando se quedó sola, Emma abrió la maleta sobre la cama y se puso a colocar la ropa en las perchas y los cajones del armario. Se había llevado lo imprescindible para una semana en la montaña leonesa: *shorts*, vaqueros largos, camisetas de algodón y de lino, un jersey y un pijama. En el último momento había metido también un par de vestidos y las sandalias que le acababa de regalar su madre. Todavía no las había estrenado. Las sacó de la bolsa de tela y las colocó sobre el viejo escritorio para admirarlas. Combinaban las tiras de cuero negro con una fina cadena plateada de la que colgaban unas alas de ángel. Sabía que eran carísimas, y una parte de ella se sentía culpable por haber aceptado aquel regalo..., pero la verdad era que le encantaban, aunque era poco probable que en aquellos días tuviese ocasión de ponérselas.

Aquel regalo era la forma que tenía su madre de darle las gracias por lo que estaba haciendo. Aunque contaba con Elvira, que la ayudaba con la casa desde hacía muchos años y vivía con ella, la abuela se sentía muy sola. Además, estaba asustada. Había tenido un par de desmayos por desarreglos con los pinchazos de insulina que se ponía para la diabetes, y una de las veces había acabado en el hospital. No había pasado ni un mes de eso... Laura había estado unos días con ella, pero chocaban tanto que al final se había vuelto a Madrid antes de lo previsto. Además, estaban empezando a exportar aceite a Corea y a China y no podía retrasar los viajes que tenía planeados. Todo aquello a Laura le angustiaba mucho. Por eso, cuando

Emma se ofreció a pasar unos días en la casa de Boñar con Esther, solo le faltó arrodillarse delante de ella para darle las gracias.

Para Emma tampoco era un gran sacrificio. La abuela tenía sus momentos inaguantables, pero también podía ser un encanto. Cuando se olvidaba de los reproches y de su afán por demostrar a todo el mundo lo extraordinaria que era, resultaba una persona bastante agradable. Tenía un montón de anécdotas de sus años de maestra en distintos pueblos de la montaña de León, y las contaba con tanta gracia que daba lo mismo que las repitiese a menudo. Y era ingeniosa, muy rápida para encontrar la réplica en una conversación, siempre con un punto de humor... Laura siempre decía que, en ese aspecto, Emma había salido a ella.

Además, a su *feed* le vendría bien un cambio de aires. Eso siempre les gustaba a los seguidores. El paisaje de Boñar no podía ser más bonito, y le iba a dar pie para contar muchas cosas sobre *mindfulness* en la naturaleza, especies protegidas, agricultura de proximidad... Si podía, hasta pensaba sacar a la abuela en algún directo.

De momento, esa tarde solo iba a hacer lo imprescindible para el mantenimiento de sus cuentas. Echar un vistazo a todos los comentarios, contestar lo justo, dar unos cuantos *likes* a los de siempre y asegurarse de que todo estaba en orden... Estaba tan acostumbrada, que podía ocuparse de ello con la música a todo volumen en los cascos y la atención a medias.

Con más de quinientos mil seguidores en YouTube y otros tantos en Instagram y en TikTok, todos los días le llegaban entre doscientos y trescientos mensajes directos. Contestaba con emojis o con unas escuetas «gracias» cuando alguien elogiaba sus vídeos, sus opiniones o su aspecto. Raramente hacía falta más.

Pero esa tarde, entre los mensajes directos había uno diferente.

«¿Eres hija de Laura Bernaroeche? Si es así, tengo una cosa chula que te puede gustar. Son cartas que le escribió a mi padre cuando estaba de erasmus en Escocia. Eran compañeros en la Facultad de Biología. No son cartas de amor ni nada. Son bonitas. Me gustaría hacértelas llegar. ¿Me das una dirección o un correo?».

El que escribía aquello lo hacía desde una cuenta de Twitter llamada @Andrés_2005GP. Una cuenta con siete seguidores y que seguía a cincuenta. En la imagen de perfil se veía a un personaje de manga, un chico de pelo oscuro y ojos verdes con una espada en la mano.

Estaba claro que no era alguien muy interesado en las redes sociales. ¿Cómo habría dado con Emma? Echó un vistazo a las cuentas que seguía. Eran todas de manga y anime.

Dudó un momento. No quería perder demasiado tiempo con aquello. Por toda respuesta, tecleó su correo electrónico. Si quería enviarle algo, que se lo enviara. Y, si todo era un pretexto para alguna otra cosa, lo bloquearía y ya estaba. Tenía mucha práctica en eso.

Incluso le quedó tiempo para darse un baño en la piscina cuando terminó de contestar. Después, compartió la exquisita tortilla de su abuela con ella y con Elvira mientras las tres veían la tele en la cocina. Estaban poniendo un concurso de retos de vocabulario. La abuela nunca se perdía un episodio. Siempre se adelantaba a los concursantes con las respuestas. Si hubiese concursado ella, los habría barrido a todos.

Fue divertido sumarse a su entusiasmo y tratar de anticiparse a sus respuestas. La abuela se picó de verdad, aunque en el fondo se lo estaba pasando en grande. Cuando el programa terminó, Emma regresó a su habitación y estuvo un buen rato con WhatsApp. No pudo evitar mirar el perfil de Carlos, el chico con el que había cortado dos meses antes. La decisión la había tomado ella, pero todavía...

En la foto del perfil, él mantenía un *selfi* que se había hecho el verano pasado, durante las vacaciones que habían pasado juntos en Corfú. Sabía que era mala idea, pero, aun así, amplió la foto para volver a verla con todo detalle. Cuando se dio cuenta, tenía los ojos llenos de lágrimas.

Con un gesto automático, cerró WhatsApp y abrió el correo. Tenía un montón de *mails* de propaganda, otros muchos de las marcas con las que colaboraba, de su mánager, de la editorial con la que estaban hablando para valorar la posibilidad de publicar un libro...

Y también había uno de @Andrés2005GP. El chico no tenía mucha imaginación para los nombres en el mundo digital.

El asunto del correo le llamó la atención: «Tornillos gigantes y eclipses imposibles».

Lo abrió. Después de un breve saludo, había fotos de una carta escrita a mano. Emma reconoció de inmediato la letra menuda y elegante de su madre. ¿Cómo era posible que hubiese cambiado tan poco a lo largo del tiempo?

Se llevó el portátil a la cama, se tumbó encima de la colcha blanca que había hecho su abuela de joven y se puso a leer.

Tornillos gigantes y eclipses imposibles

Universidad de Stirling, octubre de 1991

Hola, Emilio. A lo mejor te sorprende que te escriba. ¿Pensabas que no lo iba a hacer?

Pues ya ves que me ha faltado tiempo. Me muero por contarte todo esto. Espero que te dé muchísima rabia no haber pedido el Erasmus. Mira, con lo del Inglés, te habrías ido arreglando. A mí lo que me pasa es que a los profesores los entiendo genial, pero la gente de la calle no sé si me habla en inglés, en escocés o en chino. A los que peor entiendo es a los compañeros del norte de Inglaterra. El otro día salí con uno de Birmingham. Me invitó a cenar. Es alto, rubio, con los ojos grises pero no muy expresivos. Si te digo la verdad, no me gusta demasiado, pero bueno... Esto de que te vean cruzando un puente y te inviten a salir no se parece en nada a León... Así que acepté. Y todo habría ido bien si hubiese entendido algo de lo que me dijo. Pero, si era inglés, a mí no me lo parecía. Captaba una cosa de cada diez. Debió de pensar que era imbécil. Al final de la cita, los dos estábamos tan cansados de intentar entendernos, que no queríamos más que perdernos de vista. No hubo segunda cita, te lo puedes imaginar. Ahora estoy quedando con Richard, que es americano y hace surf. Lo conocí en la cantina, se me sentó enfrente cuando estaba cenando y me dijo algo así como: «Se nota que has vivido mucho». Y yo, con cara de Lauren Bacall en *Tener y no tener* le contesté: «Te has dado cuenta». Me estaba riendo por dentro. Es que cuando hablo en inglés me siento capaz de decir cualquier cosa, es como si no fuera yo, como si fuera una actriz. Y Stirling ayuda, porque todo el tiempo tengo la sensación de estar dentro de una película, o en una serie de televisión, en *Fama*, por ejemplo, porque nada es como en la Universidad de León, la gente va vestida de maneras divertidas y hace cosas inesperadas, en cualquier lado te aparece alguien cantando o haciendo malabares, o subido a unos zancos o con una cadena en la cara y una cresta naranja... Eso sí, a los profes, hasta los más *punks* les hablan con mucha educación: «Yes, Sir. No, Madam...».

Me estoy yendo por las ramas, pero es que todo es tan diferente que no sé por dónde empezar. Lo primero, este sitio, Stirling. La universidad está en medio de un bosque, y entre los edificios de las viviendas y los de las clases hay un lago que se cruza a través de un puente. Todas las mañanas, cuando me asomo a la ventana de mi cuarto, veo a las ardillas jugando debajo de un roble gigante. No son ardillas rojas, como las nuestras. Estas son grises y no salen corriendo cuando te acercas. Están acostumbradas a la gente.

Ya sé que tú eres biólogo de bata y no de bota, pero mira, aquí a lo mejor te convertías. Hay tantos árboles, tantos pájaros... Y lo mejor es que no me sé los nombres científicos de la mitad de ellos. Es como volver a la inocencia del instituto, cuando no tenía ni idea de quién era Linneo.

Aquí cuando llegas te asignan un piso, no te preguntan con quién quieres vivir. A mí me ha tocado en uno con cinco chicos británicos, tres noruegas y un taiwanés. Lo único que compartimos es la cocina y los baños. Dos baños para diez personas, imagínate el panorama. Yo pensé que iba a haber tortas a la hora de la ducha, pero resulta que no, porque la única que se ducha por las mañanas en el baño de mi lado (lo comparto con los británicos)... soy yo. Bueno, si hasta la ducha es mía, porque lo que tenemos en realidad es una bañera. Yo le he comprado un tubo con un sifón que se ajusta al grifo.

En el piso la verdad es que no convives, solo coincidimos de vez en cuando en la cocina. Pasan a limpiarla una vez cada quince días. La idea es que cada uno tenga su plato, su vaso y sus utensilios, y que friegue después de usarlos... Pero aquí nadie friega hasta que todo lo de todos está sucio. Entonces entras y friegas justo lo que necesitas para seguir alimentándote y sobrevivir. Alguien muy escrupuloso aquí se moriría. No me quiero imaginar la cara de asco que pondrían Dori o Marta... ¡Con lo ordenadas que son ellas!

Yo almuerzo en la cantina de la universidad casi todos los días, aquí solo ceno. Y me paso más tiempo en la casa de Pili que en la mía. A Pili la conoces, seguro, aunque es de una promoción anterior a la nuestra. Ella te conoce a ti, compartió piso con tu novia o algo así. Sigues saliendo con esa chica, ¿no? Con Elena.

La verdad es que Pili y yo nos llevamos bastante bien, aunque al principio yo le caía fatal, estoy segura. También lo entiendo.

Ella ha tenido una vida muy difícil, tiene una familia que... Y lleva viviendo fuera de su casa desde los dieciocho, porque es de Valladolid. Se paga un piso en León y siempre anda justa de dinero. Bueno, y aquí más, porque todo es carísimo.

Ha pedido el Erasmus porque su novio, que es de Físicas, está haciendo un posgrado en Coventry, y así pueden verse de vez en cuando. Se ve que está muy enamorada. La biología le gusta mucho, pero tiene las notas muy raspadas. Yo creo que cuando termine le gustaría hacer la tesis, pero, con ese expediente, lo va a tener difícil para conseguir beca.

En casa de Pili estoy a gusto porque el ambiente es más ordenado, las habitaciones son más grandes y se relacionan más unos con otros que en mi casa. Hay tres chicas japonesas que son adorables: Yumiko, Noriko e Izumi. También viven allí un griego que se llama Petros y los dos alemanes de mi grupo de prácticas de Microbiología, Andy y Tommy. Hablan muy buen inglés y son muy educados, pero tener que trabajar en el laboratorio conmigo les horroriza. No me dejan hacer nada, ellos se encargan de todo. Ni acercarme a una placa de Petri me dejan, deben de pensar que voy a contaminarla. Mujer y del sur... una inútil. Eso es lo que deben de pensar.

Ya te veo riéndote a carcajadas al leer esto. Vale, vale, a lo mejor no van tan desencaminados. Un poco inútil en el laboratorio, puede que lo sea. No tengo buen pulso, pipetear ácidos que podrían abrasarme el esófago me da miedo, me confundo con las concentraciones al preparar una cromatografía y los pigmentos de la plantita se me colocan en el orden contrario al de todos los demás... Estoy acostumbrada. Y también a que todos me miréis con sorna, lo tengo asumido. Y a que luego, cuando salen las notas, os miréis unos a otros como diciendo... Mira esta. Y ahora va y saca sobresaliente. Pero en el laboratorio no sabe ni por dónde anda.

Contigo por lo menos no tengo la sensación de tener que estar disculpándome siempre por las notas. Porque, aunque seamos muy diferentes, aunque tú salgas todos los jueves, viernes y sábados hasta caerte redondo y yo me quede en casa tocando el piano y leyendo a Tolstoi, en una cosa nos entendemos, Emilio, y es que los dos estamos locos por la ciencia. Tú lo sabes y yo lo sé. Los dos podríamos estar haciendo otras cosas que la gente considera más prestigiosas. Medicina, una ingeniería... Pero estamos en Biología, como podríamos estar en Físicas o en Químicas si las hubiera en León, porque el lado práctico de la ciencia no nos basta. Queremos saberlo todo. Queremos comprender.

Ya te estoy viendo mirando al techo con los ojos en blanco. Seguramente me contestarás con algo cínico que me hará reír y sentirme mal a la vez. Bueno, pues me da igual. Ya estoy harta de tener que hacer como que soy normal. Estoy enamorada de la ciencia, ¿pasa algo? Y tú igual, no finjas.

Tienes que contarme cómo empezó lo tuyo. Nunca lo hemos hablado. Lo mío fue gracioso. Me enamoré de la ciencia gracias a que tuve el peor profesor de Naturales del mundo. Estoy hablando del colegio, me dio clase desde quinto hasta séptimo de EGB.

Se llamaba Dionisio. Para nosotros, don Dionisio. No era un idiota, pero pasaba tanto de nosotros que explicaba las cosas improvisando y no se paraba a pensar. Creo que mi primer deslumbramiento científico vino el día que me llamó tonta delante de toda la clase y yo le planté cara (educadamente). Me di cuenta de que no sabía todas las respuestas, pero sabía hacerme preguntas mejor que él. Debíamos de estar en quinto.

Don Dionisio nos acababa de explicar con su estilo ampuloso y decadente cómo se producían los eclipses. Había dicho más o menos esto:

—Un eclipse de Sol es cuando la Luna se mete entre la Tierra y el Sol y lo tapa. Y un eclipse de Luna, lo contrario. Cuando el Sol se mete entre la Tierra y la Luna.

Se quedó tan fresco. Nadie dijo nada. Yo miré a mi alrededor buscando alguna sonrisa burlona, alguna mirada cómplice que no encontré. Levanté la mano.

—A ver, Laura, ¿qué pasa?

—Que eso no puede ser. El Sol no puede meterse entre la Tierra y la Luna.

Don Dionisio me miró con expresión de infinito desprecio.

—Yo creo que es bastante fácil de entender. Si tú eres tonta y no lo has entendido... A ver, los demás, ¿hay alguien más que no lo haya entendido? Que levante la mano.

Nadie levantó la mano. Don Dionisio me miró con una sonrisa de conmiseración y siguió con sus explicaciones.

A mí me ardía la cara de enfado. Yo sabía que no podía ser, que era imposible. No tenía ni idea de lo que medía el radio del Sol, ni de la distancia exacta entre la Tierra y la Luna, pero estaba bastante segura de que, si el Sol pudiera hacer algo tan raro como salirse de su órbita y meterse entre uno de sus planetas y su satélite, nos achicharraría a todos.

La curiosidad me devoraba por dentro. Estaba ansiosa por conseguir los datos exactos. Por suerte, en mi casa no faltan libros, ya lo sabes. ¡Tenemos dos enciclopedias, una en francés!

Mis padres casi se mueren de risa cuando les conté lo que había pasado en clase. Me dieron toda la razón. Mi padre me buscó en la *Enciclopedia Universal* todos los datos. La distancia de la Tierra a la Luna es, aproximadamente, un cuarto del diámetro del Sol. O sea, que el Sol no cabe ni de lejos. Eso sin contar con la violación de todas las leyes de Newton que supondría aquella barbaridad de que el Sol se saliese de su órbita. Aunque eso de las leyes de Newton no lo habíamos dado todavía.

Al día siguiente llegué a clase triunfal con todas las cifras apuntadas en mi cuaderno. Don Dionisio no me contradijo. Tampoco hizo ningún comentario. Siguió con lo que tocaba ese día, que serían las fases de la Luna o las estaciones o algo parecido. Para todos mis compañeros de clase, el fenómeno por el que se producían los eclipses de Luna quedó envuelto definitivamente en el misterio.

Para mí no, claro, porque mi padre me lo había explicado el día antes. Me costó entenderlo, pero me fascinó. O sea, que es la Tierra la que proyecta su sombra sobre la Luna e impide que la ilumine el Sol. Una explicación tan elegante como sencilla. Ciencia pura.

El error de don Dionisio y la indiferencia de mis compañeros a la patochada que había dicho me demostraron una cosa: no había que conformarse con cualquier explicación. La ciencia da respuestas que se pueden entender. Si no, no es ciencia.

Ya, bueno, ahora me dirás que eso es una ingenuidad completa. Pero tienes que ponerlo en su contexto.

Aquel mismo curso, en octubre, el Día de San Froilán, tuvimos un accidente de tráfico yendo a Madrid. Lo que más tarde estudiaría sobre las fuerzas newtonianas y el principio de acción y reacción, ese día lo sufrí en mi cuerpo. Mi padre se durmió al volante, ya te lo he contado. Yo iba también medio dormida. Caía una lluvia fina sobre el primer tramo de la autopista, cerca del peaje de Adanero. Y de repente, el coche se convirtió en un caballo encabritado, se metió en el arcén de piedras y mi cuerpo salió disparado contra la puerta azul, luego mi padre trató de enderezar el Renault 6 y el viejo coche saltaba, te juro que saltaba, saltó sobre la mediana de la autopista y cruzó los dos carriles del sentido contrario y luego caímos y se detuvo todo.

Mi hermana y mi madre no reaccionaban. Habían perdido el conocimiento. Atrapado entre el volante y el asiento, con todas las costillas incrustadas en el pulmón (eso lo supimos después), mi padre me gritaba que saliera a pedir ayuda.

Pero yo no podía salir. Tenía cinco fracturas.

Dos años más tarde, cuando estudiamos las fuerzas en séptimo de EGB, yo todavía no podía subirme a un coche sin tener un ataque de vértigo. Las fuerzas, las malditas fuerzas. La inercia, la fuerza centrífuga, acción y reacción. Sabía que no eran solo conceptos, que detrás de las fórmulas había coches reales que perdían el control y huesos que se rompían.

Otro momento estelar en mi descubrimiento de la ciencia fue justamente en séptimo, cuando don Dionisio nos explicó las máquinas simples. Ya sabes, la palanca, el tornillo... Y aquella famosa fórmula: «La potencia por su brazo es igual a la resistencia (el peso) por el suyo».

Lo bonito es que don Dionisio ilustraba estos principios inventándose problemas sobre la marcha. Yo qué sé, por ponerte un ejemplo: tenías que calcular un radio de un tornillo que tenía que levantar un peso de 25 toneladas. Hacías los cálculos y te salía un tornillo del tamaño de una plaza de toros. Así con todos los problemas. Me encantaba resolver aquellos disparates y obtener palancas de 60 km de longitud, poleas más grandes que una noria, catapultas capaces de enviar un proyectil de León a Zamora en un momento. Gracias a aquellas barbaridades, me aprendí fenomenal el funcionamiento de las máquinas simples. Claro que entonces no sabía que la fuerza que estábamos estudiando, la de la gravedad, solo era una de las cuatro que existen, y que ni siquiera funcionaba como decía nuestro libro de texto. Einstein, ya sabes...

Madre mía, qué rollo te he soltado. Yo solo quería contarte que esto de Stirling me gusta mucho. Aunque por las noches me siento fatal porque oigo el viento en los árboles y me acuerdo de mi padre. Sueño casi todas las noches con él. Sueño que viene en el viejo Renault 6 que se estrelló en el accidente, que vuelve de la muerte para quedarse un rato con nosotras, pero luego tiene que volver a irse. Son sueños muy tristes.

Por cierto, no sé si llegué a darte las gracias por ir al entierro. No sé ni cómo te enteraste, finales de julio... Había muchísima gente y yo no conocía a casi nadie. Pero allí estabais también vosotros, en los últimos bancos de la iglesia. Marta, Toño, Pili y tú. Me gustó veros allí.

Encuentra un hueco entre tus numerosas ocupaciones (incluyo tus juergas de los fines de semana) y contéstame pronto. Cuéntame cosas de clase. ¿Os da otra vez este año Paloma Liras? Pobres.

Te mando un abrazo,

Laura

P.S. ¿Todavía sales con Elena? Solo la conozco de vista, pero parece buena chica. Con mucho carácter, ¿no? A pesar de lo bajita que es.

Bueno, cuídate.

Capítulo 2

Siguiendo la tradición de los últimos veranos, la primera mañana de Emma en Boñar se celebraba desayunando churros. Supuestamente, Esther no debía probarlos, porque uno de sus problemas crónicos era la diabetes desatada. Pero, con la excusa del ritual de bienvenida, se saltaba la dieta, y Emma no tenía valor para regañarla. Después de todo, iba a cumplir noventa años y disfrutaba de tan pocas alegrías en su vida… Ya le recordaría lo de la dieta al día siguiente. Sabía que la abuela le iba a dar muchísimas oportunidades para eso.

La encargada de ir a buscar los churros al bar de Viejo fue Elvira. Los trajo envueltos en papel de periódico, a la manera tradicional, con una botella de cristal llena de chocolate caliente. Lo de la tinta del periódico en contacto con la superficie crujiente y aceitosa de los churros no podía ser muy sano, pero tampoco eso iba a salir en la conversación. Con la abuela, había que elegir bien las batallas.

Además, los churros estaban riquísimos. Se sentaron a saborearlos en el porche del huerto. A pesar de que se encontraban a principios de julio, hacía bastante fresco. Emma llevaba los vaqueros y se había envuelto en una gruesa chaqueta de punto negra que había sido de su madre.

La abuela entró a la cocina a por sus pastillas y Emma se quedó mirando distraída los manzanos oscuros, los cerezos y los abetos grandes del fondo, que procedían de las navidades de la infancia de su madre, cuando los abuelos compraron aquella casa. Más allá de la tapia del huerto se veía la silueta recortada de La Salona, y detrás, desdibujadas por la distancia, otras montañas más lejanas. Olía a hierba y a leña. En los árboles cantaban los pájaros.

Cuando la abuela regresó, se sentó con un suspiro de satisfacción y puso el neceser de las pastillas delante de ella. Se sonrieron por encima de la botella de chocolate y la fuente de porcelana donde Elvira había servido los churros.

—¿A que se duerme bien aquí en la montaña? —preguntó la abuela.

—Sí. He dormido bien.

—Yo he dormido tan mal como siempre, pero bueno, un poco mejor que en León. En León no se puede dormir en estas fechas, con estos calores.

Emma reprimió una sonrisa. Para ella, acostumbrada a las altas temperaturas veraniegas de Madrid, los treinta grados de máxima de León en julio no se podían considerar calor, pero sabía que para su abuela y para todos sus parientes leoneses aquello era sinónimo de tórrido y asfixiante. Los leoneses nunca se quejaban del frío, pero en cuanto pasaban de los veinticinco grados a la sombra empezaba a entrarles el pánico. Hablaban continuamente de lo insoportable que resultaba, era el tema recurrente en todas las conversaciones, en las tiendas, en los bares... Hasta los desconocidos se dirigían unos a otros en la calle para comentar la ola tropical que sufrían. Eso se repetía cada verano, como si los treinta grados fuesen una catástrofe inesperada e incomprensible, algo para lo que nadie allí estaba preparado.

—Oye, abuela, ¿sabes que ayer me llegó un correo muy curioso?

—¿Por el ordenador?

—Sí. ¡Me llegó una carta de mamá! De cuando era joven, de cuando estuvo estudiando en Escocia.

—El último año de su carrera. ¿Te la mandó ella?

—No, no. ¡Eso es lo gracioso! Me la ha mandado un chico que no conozco. Me ha encontrado por las redes. Dice que la carta se la mandó mamá a su padre, que era un compañero suyo de la facultad. Un tan Emilio. ¿Te suena?

—¡Emilio! Hombre, claro que me suena. Iban mucho juntos. No es que fueran novios ni nada. A tu madre le gustaba otro chico, no me acuerdo del nombre. Pero ese Emilio le caía muy bien. Era buen estudiante, igual que Laura. Quedaban a veces los fines de semana con otros compañeros. O iban al cine entre semana... Cuando tu madre terminó, no sé si se siguieron viendo. ¿Qué te ha contado el hijo? ¿Viven en León todavía?

—Pues no sé. No le he contestado al correo. Antes, quería saber si andarían por ahí las cartas de ese Emilio, las que él le escribió a mamá en respuesta a las suyas.

—Uf... No creo. Con lo desordenada que es tu madre... Y, además, si se las mandó a Escocia no creo que las trajera. Bastante equipaje tenía, con todos los libros que compró... Decía que allí eran más baratos y mandó tres cajas. De todas formas, se lo puedes preguntar a ella. Venga, ¡cómete otro churro, que se enfrían enseguida!

Después del desayuno, Emma subió a su cuarto a preparar el directo de la tarde. Había pensado retransmitir para todos sus seguidores su paseo favorito en el pueblo: empezar junto a la fuente por el camino que subía al soto, pasar entre las granjas de vacas y llegar hasta la piscina municipal para meterse por detrás y bordear el río hasta el puente romano, que realmente no era romano, sino medieval... Si iba despacio, parándose a explicar cosas y a contar recuerdos de su infancia, podía llevarle una hora. Se preparó un guion visualizando los diferentes puntos del trayecto donde podía detenerse y las ideas que iba a desarrollar en cada uno.

Le estaba costando más trabajo de lo normal concentrarse. Era por la dichosa carta. Abrió otra vez el *mail* y la releyó despacio, con más extrañeza todavía que la noche anterior. Se le hacía muy raro pensar que aquello lo había escrito su madre. Sonaba tan ingenuo, tan adolescente... y, a la vez ¡tan ella! La anécdota de don Dionisio y el eclipse se la había oído contar alguna vez, pero nunca explicada así, como la puerta a una manera de hacerse preguntas que le parecía maravillosa y diferente.

La gente es muy pudorosa a la hora de hablar de lo que le gusta. A lo mejor por eso nunca había oído a su madre expresar tanto entusiasmo por la ciencia como el que dejaba traslucir aquella carta. Pero claro, el contexto era distinto. Aquello se lo había escrito a un compañero de curso, alguien con quien seguramente había hablado muchas veces sobre aquellos temas. No se avergonzaba de mostrarse entusiasta con Emilio.

También podía ser que aquel entusiasmo hubiese desaparecido hacía tiempo. Que se hubiese ido desgastando como la afición a tocar el piano, a ver películas francesas de los setenta y a tantas otras cosas que Laura solía hacer en su juventud.

Sin pensárselo mucho, Emma empezó a teclear una respuesta a Andrés, el chico que le había mandado la carta. Tenía mucha curiosidad. Quería saber qué había sido de Emilio, si se dedicaba a la ciencia todavía, si le había dado él mismo las cartas...

Había redactado la mitad del correo cuando se lo pensó mejor y lo borró. No, no podía empezar por ahí. ¿Y si a su madre no le gustaba todo aquello? Antes de hablar con Andrés, tenía que preguntarle a ella.

La llamó y, como esperaba, le saltó el contestador. Su madre nunca tenía el teléfono personal activo en horas de trabajo.

Lo mejor sería adelantarle algo por WhatsApp. Abrió el correo en su móvil, seleccionó la carta adjunta del correo de Emilio y le dio a compartir.

Iba a explicárselo todo en un comentario, pero luego decidió que no. Mejor que recibiese la carta así, sin explicaciones. ¡A ver cómo reaccionaba!

Dejó su teléfono a un lado e intentó concentrarse otra vez en el guion. Tenía ya una historia que contar sobre la fuente y la inscripción que figuraba sobre ella, nada demasiado interesante. Era el nombre de un alcalde de los años setenta que había sido bastante popular... El mismo que había promovido la construcción de la piscina municipal, algo que, en aquellos años, había supuesto todo un avance en un pueblo tan pequeño. Incluso había atraído turistas asturianos y de León ciudad, donde por entonces solo había polideportivos privados.

Su siguiente parada iba a ser el puente metálico que había detrás de la piscina. Allí podía contar sus juegos de niña con su abuela, cuando tiraban un palo por un lado del puente y luego corrían para verlo pasar por el otro lado... No era algo demasiado original, pero ella sabría darle el tono justo para que a la gente le emocionase. Y la siguiente parada...

Sonó una alerta de WhatsApp y se lanzó sobre el móvil. Era la respuesta de Laura, llena de emojis de sorpresa y de interrogaciones.

¿La has encontrado en casa
de la abuela???? 😱😱😱😱

Los dedos de Emma volaron sobre el teclado.

Mamá, es una carta que mandaste TÚ.
¿Cómo iba a tenerla la abuela?

Aguardó un momento a ver si su madre leía el mensaje. Debía de estar pendiente de la respuesta, porque enseguida apareció en línea, escribiendo.

Se la mandé a Emilio.
¿Está Emilio en Boñar?
¿Lo has conocido?

Como la explicación iba a ser un poco larga, Emma optó por dejar un audio.

—Esto me lo ha mandado su hijo por correo electrónico. Contactó conmigo por Instagram y dice que tiene más cartas tuyas. Y estaba pensando en qué le contesto.

La flecha del audio se puso azul mientras su madre lo escuchaba. Como era su costumbre, respondió con un mensaje escrito.

No sé, haz lo que quieras.
¡Qué curioso!

¿Y las cartas que te mandó Emilio? ¿Las conservas?

Casi de inmediato sonó el tono de llamada de su madre. Descolgó.

—Mejor lo hablamos directamente, que nos liamos como tontas —dijo Laura al otro lado de la línea—. Oye, qué curioso. ¿Y qué te ha contado el chico de Emilio?

—No me ha contado nada, solo me ha mandado la carta. Pensaba escribirle ahora y preguntarle.

—¿Y por qué no haces tú lo mismo que él? Mándale la carta de su padre como respuesta.

El tono de Laura era animado, juguetón. Pocas veces hablaba así.

—Mamá…

—Bueno, era solo una idea. A ver cómo reacciona.

—O sea, ¡que tienes sus cartas!

—Deben de andar por casa de la abuela. No solo las de Emilio, todas las de esa época. Yo creo que están en la que era mi habitación entonces, la que ahora se ha cogido tu tío Óscar para cuando va en agosto. Mira, hay un mueble modular con un armario, el que tiene espejos, ¿sabes cuál digo?

—Sí, claro.

—Bueno. Ahí, debajo del armario, hay dos cajones. El de abajo estaba lleno de apuntes de la carrera, y las cartas también están ahí. Tú rebusca sin miedo. Todo lo que no quería que se conservara lo rompí hace tiempo.

Su madre se rió como si hubiese dicho algo muy gracioso. Emma no entendió dónde estaba la broma.

—Vale, pues miro a ver.

—Busca por las fechas, a ver cuál es la carta que responde a esa. Qué solemnes nos poníamos. Como si fuésemos los primeros en el mundo que hablábamos de la gravedad. Si es que éramos unos críos.

—Si las encuentro, te lo digo.

—Sí, y mándame foto de la carta. Pero manda solo la primera. A ver si ellos siguen mandando las suyas.

—¿Crees que Emilio sabe lo que está haciendo su hijo?

—¡No tengo ni idea! —Laura se volvió a reír—. Pero ya se enterará. ¿Qué habrá sido de él? No he vuelto a saber nada. No creo que sea de los que andan por las redes.

—Su hijo tampoco. Tiene como siete seguidores. No he mirado, igual uno es su padre…

—Pues mira a ver. A ver qué pinta tiene ahora. Seguro que ha envejecido un montón. No como yo.

—A ver, han pasado treinta años, mamá. Algo habrás cambiado…

—*Of course*. Ahora estoy mucho más guapa.

Lo decía en serio. Y lo más curioso era que tenía razón. Emma había visto algunas fotos de su época de estudiante. En todas mostraba una expresión tan triste que no parecía ella. Laura siempre decía que en aquellos años estaba perdida y que sufría a lo tonto.

En cuanto colgaron, Emma se fue a la habitación del tío Óscar. Subió un poco la persiana y el sol bañó de lleno el viejo edredón de flores blancas y verdes, los muebles modulares lacados en blanco. Fue directa al cajón debajo del armario de los espejos. Le costó abrirlo de lo lleno que estaba. Montones de apuntes con la letra menuda y bastante irregular de su madre. Algunas postales de Escocia, *tickets* de museos, un folleto de un minicrucero a las islas Shetland…

Debajo de todo aquello, encontró un fajo de sobres grisáceos sujetos con una goma negra del pelo. Quitó la goma y leyó el remite del que estaba encima de todos. «Emilio Blanco, paseo Veterinaria, 12...».

Miró la fecha del matasellos: octubre de 1991. La respuesta de la carta que había leído. Y debajo había otras tres cartas más.

Sacó la primera carta del sobre. Estaba escrita con bolígrafo verde. El tal Emilio debía de tener mucho empeño en mostrar que era un tipo original...

Sin leerla, hizo fotos a las cuatro caras y media de la carta y se las envió a Andrés2005GP. No añadió ningún comentario.

Newton, Einstein, manzanas y sandías

León, octubre de 1991

Hola, Laura. No me ha sorprendido recibir tu carta, no te creas tan especial. Las tías siempre os creéis especiales.

Va, en serio. Me ha hecho ilusión. Hay que tener valor para hacer lo que has hecho, irte ahí con el expediente que tienes, la primera de la facultad que se larga a un Erasmus... Te la has jugado. Valor o insensatez pura. Una mezcla de las dos cosas. Te pega.

Bueno, voy a dejar de decir cosas agradables o pensarás que no soy yo y que me han abducido.

Por aquí bien. Sí, otra vez tenemos a Liras, nos da Virología. En su línea, ya sabes. Aunque ahora que estamos en quinto, no se ceba tanto con nosotros como cuando éramos jóvenes e inocentes, en tercero.

Por lo demás, lo de siempre. De lunes a viernes, no hay más vida que la facultad. De viernes a domingo, no hay más vida que el barrio Húmedo. Al menos, para los crápulas como yo.

Bueno, vale, sí, confieso, no me condene, señor juez… También hago bastantes codos. No queda otra. Y como encima lo disfruto… Ya sabes, sarna con gusto no pica.

Me tiraba por el suelo con lo de tu profesor y los eclipses. Anda, que tus compañeros… Ya les vale. Menuda panda de gallinas. Y tú, como Agustina de Aragón, defendiendo la verdad científica. Qué imagen. Aunque el nombre de Agustina no te va nada. Suena a señora de busto prominente con una bayoneta y una toquilla roja. Nada que ver con esa señorita enclenque que me recuerda a la canción de Los Burros. «Huesos, huesos, tú eres solo huesos /unidos por muy poca pieeeeel. Huesos, huesos, delgada como el viento, suave como un alfileeeer…».

Es verdad que cuando empiezas a estudiar ciencias en el colegio te haces bastante lío con algunas cosas. Yo, por ejemplo, cuando estudiamos a Newton creía que la gravedad solo funcionaba hacia abajo. Cuando me enteré de que también explicaba el movimiento de los planetas alrededor del Sol, y el de la Luna alrededor de la Tierra, en una caída tan lenta tan lenta que no se termina nunca… Joder, Laura, la verdad es que me sonaba a magia. Y me sigue sonando. Porque, si lo piensas, si piensas en cómo define Newton la gravedad, es magia pura. Una fuerza que actúa en el vacío atrayendo a los objetos, directamente proporcional al producto de sus masas e inversamente proporcional al cuadrado de la distancia que las separa…

Eso es telequinesis, no me digas que no. Pero claro, Newton, el padre de la física moderna, cualquiera cuestionaba sus teorías. Hasta que un día vienes tú y me hablas de eso, y me cuentas lo del libro que te regaló tu padre, ese de Gamow que explica la gravedad según Einstein con ejemplos sencillos. Y me lo dejaste… Aunque solo sea por eso, querida Huesos, te estaré agradecido toda la vida.

Ahí sí que flipé con ese amor loco a la ciencia del que hablas en tu carta. Claro, claro, de repente tenía sentido. Esa fuerza misteriosa en realidad era una consecuencia de la deformación del espacio tiempo. Me acuerdo del ejemplo que me pusiste. Fue un día en la cafetería esa de San Marcelo, fuera estaba lloviendo. ¿Tú te acuerdas? Me dijiste: «Mira. Imagínate que el espacio tiempo, en lugar de tener cuatro dimensiones (tres espaciales y una temporal) tuviese dos, o sea, imagínatelo como una sábana. Y el Sol, imagínatelo como una sandía. Pones la sandía en el medio de la sábana. ¿Y qué pasa? La sábana espacio temporal se hunde. Y cualquier cuerpo que pongas en ella, una naranja, por ejemplo, o una manzana, que es más newtoniana, rueda hacia la sandía por la sábana. Y si tú no ves la sábana, piensas: la sandía atrae a la manzana con una fuerza que actúa a distancia. El Sol atrae a la Tierra. Pero no es eso: ¡es la curvatura del espacio tiempo!

Qué explicación. Es tan elegante que cuando la leí podría haber muerto de placer. Habría que escribir una canción sobre eso. Podría escribirla Antonio Vega, el de Nacha Pop. Estudió Físicas, lo leí en alguna parte o lo oí en la tele. Acaba de sacar un disco en solitario, ¿lo sabías?

«Yo sé que se parecen sueño y realidad, lo podría jurar. Háblame a los ojos…».

Aunque a mí la canción que más me suena a gravedad es la de Radio Futura, ya sabes: «Han caído los dos cual soldados fulminados al suelo… y ahora están atrapados los dos en la misma prisión…».

Ya sé que no va por ahí la cosa, pero suena a fuerza de atracción fatal newtoniana a tope, ¿o no?

Aunque si vamos a eso, también podría ser otra fuerza como el electromagnetismo, atracción por un lado, repulsión por el otro… O la nuclear débil, o la fuerte… No, la fuerte mejor no, suena excesiva.

Se me va la olla… ¿De qué estamos hablando?

Ah, sí, las fuerzas. También me flipé el día que hablamos de lo de la teoría unificada de las fuerzas. Eso de que todas, la gravedad, el eletromagnetismo, la débil y la fuerte, tienen que ser una en el fondo. Pero si Einstein se dedicó veinte años a buscar las fórmulas y no lo consiguió, no sé, no soy muy optimista… Aunque me encantaría vivir lo suficiente para ver eso, una teoría unificada de las fuerzas, la gravedad cuántica… No sé si alguna vez llegaremos a verlo.

También me encantó esa parte de tu carta en la que hablas de los tornillos como plazas de toros y de las palancas que medían kilómetros. Esto también recuerdo haberlo pensado yo cuando dimos las máquinas simples en los Agustinos. Al principio, entendí que las máquinas simples tenían el poder de multiplicar la fuerza. Si la palanca era lo bastante larga, en teoría, tenías que poder mover una montaña. O, con una polea, podrías levantar un elefante con un esfuerzo mínimo. No me daba cuenta de que las máquinas hacen el trabajo más fácil, pero no «crean» la fuerza de la nada. Seguramente recordarás el concepto aquel de la ventaja mecánica, que es la relación entre la resistencia (el peso que queremos mover) y la fuerza que aplicamos con la máquina. Supongo que le explicarías a tu profesor que, en la práctica, usar una máquina con una ventaja mecánica menor a uno no tiene sentido, ya que necesitarías aplicar más fuerza de la que te ahorras. ¿Se lo dijiste, chica lista? Seguro que no. Aunque el don Dionisio ese te podría haber contestado con la famosa frase de Arquímedes: «Dadme un punto de apoyo y moveré el mundo». O sea, que creía en las palancas gigantescas. Aunque seguro que Arquímedes no dijo eso. Como yo no tengo enciclopedia en casa, en este momento no puedo comprobarlo.

Disfruta de Escocia y de las ardillas amigables y de esa cocina asquerosa que compartes con los escoceses y con las noruegas. Me la estoy imaginando, alguna parecida he visto aquí en casa de amigos. Aunque supongo que los ingleses son capaces de llevarlo a otro nivel. Y, con lo de no ducharse… vaya olor, ¿no? Aunque claro, allí no hace calor, así que no sudarán.

Con los de Birmingham ándate con cuidado, pero más todavía con los surferos americanos, que a esos, por lo que no dices en la carta, parece que sí los entiendes. Suena divertido lo de vivir como en una película. Aquí en León somos muy sosos comparados con eso.

Yo con Elena, bien. Sin más. Nos une… la biología.

¿Es cosa mía, o he detectado cierta curiosidad?

En fin, querida Huesos, que la fuerza, la que no es ni la nuclear fuerte, ni la débil, ni el electromagnetismo ni la gravedad, sino la que tú sabes, la de los *jedis* auténticos, te acompañe. A no ser que te hayas pasado al lado oscuro… Tú siempre amenazas con eso. «Estoy harta de ser buena». Cuántas veces te lo habré oído decir…

Tu problema es que el papel de Darth Vader no te va nada.

No llores por las noches y no tengas pesadillas. Es mejor que pongas cara de «soy una mujer que ha vivido mucho» y le sigas el juego al californiano. Ya me dirás qué tal te va con él.

Yo me vuelvo a los apuntes de Virología, que los he abandonado demasiado rato por ti.

Una teoría unificada de las cuatro fuerzas… ¿Tú crees que la veremos?

Bébete una pinta a mi salud. ¿Allí la cerveza es negra, como en Irlanda? Si no es una pinta entera, por lo menos media. Aunque, conociéndote, seguro que sales con el californiano, pones esa cara de «yo tengo mucha experiencia de la vida, *baby*» y luego pides agua mineral.

En fin, haz lo que quieras, pero sigue siendo tú.

Besos o lo que sea,

Emilio

Capítulo 3

El directo de la tarde resultó bastante bien, pero dejó a Emma agotada. Por muy acostumbrada que estés a hablar sola en público mientras te grabas con un palo de *selfi*, siempre resulta estresante. Por suerte, en su paseo hacia el puente romano se cruzó como mucho a una docena de personas, gente del pueblo que se la quedaba mirando un momento y luego seguía a lo suyo. Un par de niños en bici la siguieron durante un rato mientras decían tonterías tratando de llamar su atención para que los sacara en el vídeo, pero Emma no era una novata, jamás habría caído en el error de grabar a unos menores. Dejó que sus voces se escucharan de fondo y explicó a sus seguidores lo que estaba pasando. Los chicos se cansaron de que los ignorara y terminaron marchándose.

En el camino de la chopera por detrás de la piscina, se le hacía raro oír su voz en medio del silencio del campo, que no era silencio realmente, sino una reverberación polvorienta de calor, cigarras, voces infantiles y chapuzones ahogados por la distancia. Y ella hablaba, hablaba, hablaba... A veces, durante los *streamings*, se sentía un personaje inventado, alguien de la tele, de un anuncio, de una serie, alguien que no existía en realidad. Y es que, en algunos aspectos, era así. Morning Owl tenía su cara, sus pecas casi invisibles en la nariz, sus ojos verdosos moteados de negro y algunos de sus pensamientos también, pero no tenía, por ejemplo, su voz, porque la verdadera Emma no hablaba con aquella animación permanente, no era la entusiasta indestructible a la que interpretaba en las redes. Había momentos durante el *streaming* en los que se preguntaba con un sobresalto de pánico: «¿Qué estoy haciendo?». Tenía que controlarse para no tirar la cámara y salir corriendo. Algún día lo haría. Y conseguiría más visualizaciones que nunca.

Cuando volvió a casa después del *streaming*, estaba demasiado agitada para pensar en nada que no fuesen los detalles de cada minuto de retransmisión. Le ocurría siempre. Empezaba a dar vueltas a cada pequeño fallo, a todo lo que, en su opinión, había sonado torpe o insulso o repetitivo... No se calmaba hasta unas cuantas horas después. Y esa noche le costaría trabajo dormir, estaba segura.

Saludó de pasada a la abuela y se metió en su cuarto para reaccionar a los comentarios de sus seguidores. Siempre les dedicaba una hora como mínimo justo después del directo. Se ponía música en los cascos, algo que le gustara mucho y la distrajera un poco de lo que leía, para distanciarse y que no le tocase demasiado de cerca, para desdoblarse y empezar a ser otra vez ella misma sin dejar de ser Morning Owl...

De todas formas, los comentarios eran todos entusiastas, como casi siempre. Emma no acababa de comprender por qué había tanta gente que la adoraba, que se volvía loca de admiración con cada pequeña cosa que decía o hacía. Muchos miles de sus seguidoras eran niñas de entre diez y doce años, tan jóvenes que les resultaba muy fácil encariñarse con alguien a quien veían como un ejemplo, como un modelo a seguir. Pero también había señoras de distintas edades, y chicos de su edad y señores muy centrados en su carrera que consideraban sus contenidos «aspiracionales» y los seguían como herramientas de productividad (eso decían), y activistas de *body positivity* y *body neutrality,* y extranjeros que solo la entendían cuando hacía algún *streaming* en inglés y, sin embargo, aplaudían todas sus publicaciones…

Cuando te llueve la admiración un día tras otro, es fácil que te lo termines creyendo. Pero Emma era inteligente, sabía que esa era la peor equivocación que podía cometer. Esa gente no estaba allí por ella. Bueno, en parte sí, pero ella era solo una excusa, una representación de algo que la gente quería y no sabía cómo conseguir. Quizá una vida sencilla, donde todo parecía estar en su sitio y no había grandes sobresaltos. Quizá una forma de parecer encantadora sin mezclar la seducción o el enamoramiento. No sabía lo que era. Siempre caían las típicas retahílas de emojis de fuego y corazones rojos, seguidos a veces por un «te adoro», «burning», «in love»… No se los tomaba muy en serio y no entraba al trapo. Alguna vez lo había hecho, por aburrimiento, por curiosidad… y siempre se había sentido fatal después. Lo que aquella gente buscaba era un pico de adrenalina emocional rápido y sin consecuencias. La veían como un producto, como una herramienta para conseguir ese subidón que no significaba nada. Eso, en el mejor de los casos. Porque también estaban los obsesivos que regresaban una y otra vez… A esos no tardaba mucho en bloquearlos.

La abuela llamó con timidez a la puerta. Entró sin esperar a que Emma contestara.

—Hija… ¿Sigues trabajando? —preguntó con ese tono apenado que a su nieta le resultaba siempre un poco irritante—. Elvira ha preparado una ensalada de tomate y ventresca riquísima.

Y hay cabrales, que te encanta... Yo ya he cenado, pero podías venir a hacerme compañía un rato, que no todo va a ser el Instagram ese.

—No estoy en Instagram ahora, es Twitch...

—Lo que sea. Anda, ¿vienes?

Emma contestó que iría en cuanto contestase un par de comentarios más, pero no lo cumplió, porque, justo después de salir de la plataforma abrió el mail y vio un correo nuevo de Andrés2005GP.

> ¡La respuesta de mi padre! No me lo puedo creer... ¿Tu madre las guarda? Es tan él... En bolígrafo verde. Típico. ¿Qué hacemos, seguimos intercambiando las cartas por aquí? También podemos hablar por teléfono, si quieres. Te dejo mi número. Vives en Madrid, ¿verdad? Yo vivo en León con mi madre, pero en diez días me voy a Viena a pasar una parte del verano con mi padre. Pasaré por Madrid. No sé si te parecería bien quedar o es una tontería...
> ¿Puedo enseñarle la carta a mi padre?
> Un saludo,
> Andrés.

Olvidándose por completo de la cena, Emma añadió el contacto de Andrés y, después de pensárselo un par de segundos, llamó.

Andrés descolgó enseguida. Debía de tener el móvil en la mano.

—¿Sí?

—Hola. Soy Emma. Morning Owl. La hija de Laura.

—¡Emma! —La voz al otro lado sonó agradablemente sorprendida—. Qué bien que hayas llamado. No sabía si te parecería mal...

—¿Tú te llamas Andrés?

—Sí, perdona. Sí, soy Andrés, el hijo de Emilio.

—Ya. —Breve silencio—. Nuestros padres estaban como cabras.

Rompieron a reír a la vez, y la tensión, si la había, se desvaneció.

—Lo último que me habría imaginado es a mi padre escribiendo cartas así. Odia escribir, a mí no me contesta ni los *wasaps*. Y los informes de sus alumnos, las cartas de recomendación para sus doctorandos... dice que lo saca todo de chat GPT.

—Pues, sin chat, tampoco se las arreglaba tan mal —opinó Emma—. ¿Te dio él las cartas?

—Qué va. No creo que se acuerde de que existen. Mi padre nunca mira atrás. Dice que es su lema.

—¿Qué hace? ¿Se dedica a la ciencia?

—Sí, claro. Cualquier día le darán el premio Nobel. Dirige un grupo de investigación en un instituto biomédico de Viena. Investigan el cáncer de pulmón. También da clases en la universidad.

—En Viena, nada menos... Es una universidad muy importante, ¿no?

—Sí, supongo. Pero él siempre dice que está allí por casualidad, y que igual podría estar muriéndose de hambre debajo de un puente. Nunca se reconoce ningún mérito.

—En el correo decías que vives en León...

—Sí. Mis padres se divorciaron cuando yo tenía dos años. Mi madre es de León, da clases aquí en un instituto y yo vivo con ella.

—¿Y entonces cómo encontraste las cartas? Si no vives con tu padre... Perdona, parece que te estoy haciendo un interrogatorio —se disculpó Emma.

—No, es que te lo tenía que haber explicado mejor desde el principio. A ver, las cartas las encontré en casa de mi abuela paterna, que también vive en León. Voy a comer con ella casi todos los domingos. Es muy maja y tal. Ahora está haciendo una obra en la casa y tiene todo patas arriba. Quiere tirar trastos viejos, y claro, había muchas cosas de mi padre. Me las estuvo enseñando y esto me llamó la atención, las cartas. Ella no tenía ni idea de quién era Laura. Se ve que mi padre no hablaba mucho de sus amigas en su casa.

—Bueno, tampoco sé si eran tan amigos, ¿no? En las cartas se nota que tienen confianza y tal, pero tampoco muchísima.

—No sé. A mí me parece que sí eran muy amigos —dijo Andrés.

Se quedaron los dos callados un momento.

—¿Qué opina tu padre de todo esto? —preguntó Emma—. ¿Le has mandado su carta?

—Uf, no. Ya veremos lo que hago. No te digo que se vaya a enfadar, pero se burlará de mí, dirá que esto es una chiquillada…

—¿No crees que le haría ilusión recuperar las cartas? A mi madre sí le ha hecho ilusión. Hasta me pidió que buscara a tu padre en Internet, a ver cómo es ahora. Claro que también podía hacerlo ella…

—¿En qué campo investiga?

—¿Mi madre? No es científica. Dejó la tesis a medias, después de unos meses en el laboratorio renunció a la beca y se puso a estudiar Tecnología de los Alimentos, y enseguida empezó a trabajar en una empresa de control de calidad de aceites de oliva, luego conoció a mi padre y… Bueno, nada. Trabaja en la empresa familiar.

—Espera… ¿No se dedica a la ciencia? Pero si le entusiasmaba. Lo dicen las cartas.

—Le interesa mucho, pero no es su trabajo.

—Y esto de las cartas se lo has contado y le parece bien... Pues eso me da ánimos. A ver si se lo cuento a mi padre yo también.

—¿Él no viene nunca a España?

—Sí, pasa siempre unos días en un pueblo de Cádiz por el verano, pero a León no viene. A su novia no le gusta. Es mitad rusa mitad australiana. Modelo. Bueno, exmodelo, creo. De España, lo único que le interesa es el sol.

—Vaya, una modelo... Eso debe de ser muy guay, ¿no? Nunca he conocido a una modelo.

—No es nada guay. Por lo menos, en el caso de Natalia. Es una histérica. Pero bueno, solo la tengo que aguantar quince días al año y tenemos una especie de pacto de no agresión. Cuando era pequeño era más complicado.

La puerta de la habitación se abrió sin ceremonias. Era la abuela.

—Emma, hace una hora que me dijiste que venías...

—Perdona, voy enseguida.

La abuela se quedó en el umbral con los brazos cruzados, mirándola con desconfianza. Emma le hizo un gesto para que se fuera. De mala gana, Esther se alejó.

—Lo siento, tengo que colgar. Mi abuela me está esperando para cenar.

—Vale, sin problema. ¿Qué hacemos con las cartas, seguimos mandándolas así por *mail,* de una en una?

—Sí, genial. Yo, si no te importa, se las voy pasando también a mi madre. Y tú haz lo mismo con tu padre... Bueno, lo que te parezca.

—Sí... Por un lado, igual le hace gracia. Ya veré qué hago. Bueno, chao...

—Oye, no estoy en Madrid, estoy en Boñar. No sigues mis directos, ¿verdad? Hoy he hecho uno desde aquí.

—Perdona, es que no soy muy de eso. Sé tu nombre por mi hermana Carlota, es una de tus mayores fans. Cuando vi las firmas de las cartas, lo relacioné. Oye, pues si estamos tan cerca, igual podríamos quedar…

—¡Sí, buena idea! Puedes venirte aquí, o voy yo…

—O quedamos en un punto medio de la línea del tren de Matallana…

—¡Emma!

La voz de la abuela resonó tan estridente, que hasta Andrés se sobresaltó al otro lado de la línea.

—Lo siento. Tu abuela no parece muy contenta. Mañana te mando la segunda carta.

—Vale. Ya hablaremos.

Iba a decirle chao o un beso, pero Andrés colgó antes de que se pudiera despedir.

Refrescos sólidos, tortillas líquidas y otros secretos de cocina

Universidad de Stirling, noviembre de 1991

Hola, Emilio. Así que Huesos, ¿eh? Eso no te habrías atrevido a decírmelo a la cara. Anda, que estás tú para hablar... No creo que peses mucho más que yo.

De todas formas, no tienes por qué preocuparte por mis huesos ni por su recubrimiento. A pesar de que las tradiciones gastronómicas de los británicos no me lo ponen fácil, me alimento bastante bien. A mediodía, como ya te conté, almuerzo en la cantina de la universidad. Ahí es donde más ligo, por cierto. El otro día con un francés que se llama Thierry que, o tiene personalidad múltiple, o miente como un bellaco, porque a mí me dijo que era arquitecto y que había diseñado el edificio del Instituto Pasteur de París, pero a una amiga alemana a la que conocí en la lavandería le contó que era agricultor, y a Jane, una afrobritánica a quien también conocí en la lavandería, le dijo que era un noble y que tenía un castillo…

A mí se me sentó enfrente, me miró con una sonrisa encantadora y me dijo: «¿Por qué no vamos a caminar tres días desnudos por el bosque?».

Le contesté que mejor no, más que nada porque estamos en noviembre y en una latitud parecida a la de Noruega… No se lo tomó a mal. Hablamos mucho siempre que nos encontramos.

Pero sigo con el asunto de la comida. Por las noches, querido Huesos dos, no tengo más remedio que cocinarme mi propia cena sobre el rincón de la cocina previamente fregado por mí, entre montañas de cazuelas sucias y un laberinto de hierros recubiertos de restos grasientos de queso gratinado en diferentes estados de descomposición.

Cocinar, como bien sabes, tiene mucho de precisión química y de habilidad de técnico de laboratorio. Y, como te encargas de recordarme siempre con saña, el laboratorio no saca lo mejor de mí. Enmarca esto en una cocina donde se ha desarrollado un ecosistema microbiológico único que podría rivalizar con las selvas más densas y peligrosas de la Tierra. Ahí es donde desarrollo mis experimentos culinarios nocturnos.

La semana pasada decidí intentar impresionar a mis compañeras noruegas haciendo una tortilla española que pensaba compartir con ellas. Lo que pasa es que, al intentar cuajarla, quería que quedase jugosa por dentro, así que pensé que lo mejor era calentar mucho mucho el aceite… y me pasé. La tortilla se cuajó rápidamente por fuera, ya sabes, desnaturalización de las proteínas por aumento de la temperatura, qué te voy a contar sobre eso, pierden su forma tridimensional, los enlaces de hidrógeno entre aminoácidos distantes se rompen… Bueno, se me quemó por debajo, pero yo no me di cuenta. Intenté darle la vuelta y todo el huevo líquido se me derramó por el plato, las patatas fritas flotando en él como icebergs a la deriva. Una parte del huevo ardiente me cayó por las muñecas y me dejó unas quemaduras preciosas. A las noruegas les dije que era una modalidad de tortilla típica del norte de España. Me miraron con desconfianza, pero se la comieron. ¡Y hasta dijeron que estaba rica!

Para acompañar la tortilla había comprado unas coca colas, aquí les encantan esas americanadas. Las metí en el congelador para que se enfriaran más deprisa y… se me olvidaron. Lo sé, lo sé, ya te lo estás imaginando. El agua se dilata al convertirse en hielo, lo sabe hasta un crío de primaria. Se dilata, se dilata… y termina rompiendo la lata. Me ha salido en verso, podríamos ponerlo en alguna canción de ese grupo que vamos a formar cuando terminemos la carrera, ¿cómo lo íbamos a llamar, que no me acuerdo? Era algo de las células… Ya me acuerdo, sí. Los Ribosomas Descontrolados.

Total, que invité a las noruegas a tortilla líquida y refresco sólido. Y ellas encantadas. ¿Crees que se molestaron en fregar sus platos al final de la cena? No. Los añadieron a la pila de platos asquerosos. Quizá esperan que venga un elfo por la noche a fregarlos. A lo mejor tienen suerte, yo qué sé.

(Supongo que no necesito aclararte que no estoy hablando de elfos elegantes y poderosos al estilo de los de ***El señor de los anillos,*** sino de los elfos del folklore nórdico de toda la vida… Los que salían en los cuentos tradicionales… Aunque me parece que tú eres más de ***El señor de los anillos*** que de cuentos de hadas).

En cuanto a la cocina, supongo que nunca he tenido mucha mano para eso. Una vez, en un verano que pasé con mi familia en Boñar, mi hermana y yo intentamos hacer helado casero con un batido de leche y moras. Nada, la cosa no funcionó. Por mucho que removiéramos, no se congelaba. Claro, nadie nos había contado el truco de que hay que echar un poco de sal al hielo que rodea el recipiente con la mezcla del helado. La sal baja el punto de congelación del agua, que puede de esa manera seguir siendo líquida a temperaturas inferiores a cero grados, y así la mezcla del recipiente sí se congela y se convierte en helado… ¿Tú ese truco lo sabías?

La verdad es que la química viene muy bien para acertar en la cocina, aunque yo la mayoría de las veces descubro el proceso químico después de que algo me haya salido escandalosamente mal. Curiosidad científica ***a posteriori,*** podríamos decir.

Anteayer, por ejemplo, me dio por intentar preparar yo misma uno de los platos de la cantina de la universidad, un plato estrella de la gastronomía británica: pastel de riñones. Lo sé, suena asqueroso, pero la verdad es que está rico. Cogí una receta de una revista y decidí seguirla paso a paso. La cuestión es que una de las cosas que había que preparar para acompañar el pastel era gelatina de vino. Sí. Lo que acabas de leer.

¿Qué te voy a contar de la gelatina que tú no sepas? Para la gente normal, es una masa pegajosa y semitransparente. Para los estudiantes de Biología, es un coloide, es decir, una sustancia dispersa uniformemente en partículas microscópicas dentro de otra. Y una sustancia superheróica, por supuesto, la Clark Kent de los alimentos. En cualquier momento puede absorber hasta diez veces su peso en agua y transformarse en Superman.

Para hacer mi gelatina de vino, disolví la gelatina en agua caliente y luego añadí vino. ¿Fácil, no? Lo difícil llegó después, cuando tuve que convertir ese líquido en un sólido intentando no acabar con un charco pegajoso en el suelo. Contaba con los superpoderes de la gelatina a bajas temperaturas. Cuando se enfrían, las proteínas de la gelatina se enlazan de nuevo, formando una malla tridimensional que atrapa el líquido y lo convierte en un sólido. El problema es que no calculé bien la cantidad de gelatina, y acabé con un pegote de vino sólido, tan sólido que podría haberlo utilizado como arma arrojadiza.

Pero si mis experimentos gastronómicos no han despertado tu curiosidad científica y avivado tu amor a la ciencia, la descripción de nuestra nevera compartida seguro que lo conseguirá. Es..., ¿cómo te la describiría? Un verdadero festín para los ojos. Algo tan... desmadrado que me sorprende que no haya venido a visitarnos algún equipo de microbiólogos ambiciosos, porque habrían adelantado su carrera científica varios años con las nuevas formas de vida que probablemente habrían descubierto en esa selva de moho y putrefacción.

Los rincones más oscuros de nuestra nevera son como un experimento de biología que ha salido mal. Tenemos de todo: desde quesos que han desarrollado su propia capa de esporas hasta vegetales que parecen haber iniciado su propio proceso de compostaje. Un microlaboratorio de lujo para estudiar detenidamente todos los procesos implicados en la descomposición.

Se podría montar una práctica de laboratorio perfecta, por ejemplo, con la loncha de jamón que Paul dejó hace como quince días en el estante superior. Primero, perdió el color rosado y se volvió grisácea. Esto nos permitiría estudiar la oxidación del hierro presente en la carne, que es la que provoca el cambio de color. Luego, comenzó a oler mal. Aquí podríamos haber tomado muestras para ver al microscopio las bacterias que habían empezado a descomponer las proteínas, liberando apestosos compuestos de azufre. Y al final, comenzó la fase del moho, una oportunidad perfecta para estudiar en directo esos hongos esponjosos y multicolores que convirtieron la aburrida loncha de jamón de supermercado en un paisaje de otro mundo.

En fin, ya te puedes hacer una idea del resto... El resumen es que nuestra nevera podría ser un buen escenario para rodar una película de ciencia ficción. Espero que si alguna vez descubrimos una nueva especie en ella, al menos sea más simpática que Alien.

Y hablando de terrores varios, aquí, por supuesto, hemos celebrado Halloween. Ya sabes, al estilo yanqui. Bueno, más o menos. A Pili se le ocurrió la genial idea de organizar una fiesta de Halloween en su piso. Decoraciones de calabazas y telarañas hechas de algodón, mucha oscuridad y velas encendidas... El plan era que cada nacionalidad de la casa hiciera un plato típico para la cena.

Las chicas japonesas hicieron *sushi.* Y cuando digo *sushi,* quiero decir arroz pegajoso con algas y todo tipo de pescado crudo. Conociendo la pescadería de Tesco's debía de estar tan fresco que podría haber saltado del plato en cualquier momento. Es una ironía... Pero bueno, lo probé y no estaba mal.

Los alemanes, mis compañeros de Microbiología, trajeron salchichas. Y cuando digo salchichas, quiero decir un tipo de embutido que parecía tener la misma consistencia que el látex húmedo. Creo que estaban tratando de realizar algún tipo de demostración empírica sobre la fermentación, pero, a juzgar por las caras de todos después de probar aquello, no resultó nada convincente.

Y el griego, que se llama Petros y es muy guapo, por cierto, llevó *tzatziki,* un plato de yogur con pepino. Cuando lo probé, me dio la sensación de que los lactobacilos que fermentaban el yogur se habían declarado en huelga, sublevándose contra su destino de ser consumidos. Sabía... raro.

La verdad es que he exagerado a propósito, pero la cena no estuvo tan mal. Sobre todo porque, ese día, la tortilla de patatas la hicimos Pili y yo juntas y nos salió perfecta. A todos les encantó.

Después de la cena, a la luz de las velas, estuvimos contando historias de fantasmas. Las mejores fueron las que contaron las japonesas. Estaban llenas de espectros vengativos y espíritus errantes. Los alemanes contaron algo sobre unos trasgos que salen por la noche del bosque y se meten en las casas..., ¿adivina para qué? Para robar... ¡justo, salchichas!

Madre mía, cuantos rollos gastronómicos-bioquímicos te he contado. Y eso, sin hablar de nada de las clases...

En fin, quería hacerte reír. Yo también me he reído sola mientras te escribía y me ha venido bien. Aquí los días cada vez son más cortos, anochece a las tres, y hace muchísimo frío. No ayuda a levantar el ánimo. Y el ambiente de mi piso tampoco, ahora hablando en serio. No es ya solo por el desastre de la cocina. Es que, no sé, algunos compañeros son bordes, realmente desconsiderados.

Y bueno, ya que estamos, te contaré que encima he tenido un incidente con mi vecino de habitación. No sé ni cómo se llama, porque solo había intercambiado con él monsílabos. Hola... y adiós... Hasta que, el otro día, como a las dos de la mañana, alguien abre la puerta de mi habitación y veo a contraluz la figura altísima de un tío en calzoncillos. Mi vecino, el del cuarto de al lado. Se quedó mirando atontado. Yo lo primero que pensé es que venía a avisarme de un incendio. No sé por qué pensé eso. Me senté en la cama y me puse a gritar en español... «¿Qué pasa? ¿Qué pasa?».

El tío entró tambaleándose y cerró la puerta. Entonces comprendí que no se trataba de ningún incendio. También me acordé de que tenía que hablar en inglés.

—*Go away!* —le grité—. *Go away!*

Se lo repetía una y otra vez. Debía de sonar cómico. Quiero decir, lo normal habría sido decir «get out», no «go away», que significa algo como... «desaparece». O también... «vete de vacaciones».

El tipo, de todas formas, no parecía dispuesto a hacer ni una cosa ni la otra. Con pasos de borracho, se acercó a mi cama y se me sentó allí. Olía muchísimo a alcohol. Me asusté. Era la primera vez que le veía la cara de cerca. Me quedé callada.

El tío alargó una mano y me acarició la mejilla.

Entonces, mis mecanismos *flight or fight* reaccionaron por fin, e hice una mezcla de las dos cosas. Me escabullí a los pies de la cama y salté al suelo. El tío me miraba sentado en la cama, desconcertado. Era enorme. Lo agarré por los dos brazos y empecé a tirar de él para ponerlo de pie.

—*Go away* —le repetía—. *You must go away.*

Por suerte, se dejó empujar hacia la puerta sin oponer resistencia. De vez en cuando intentaba volver a acariciarme la cara. De un empujón decisivo, lo saqué al pasillo. Cerré y corrí el cerrojo.

Y entonces me dio una risa histérica.

Pero, si te digo la verdad, pasé miedo. Todavía no entiendo muy bien lo que ocurrió. Supongo que el tío volvió al piso tan borracho que se confundió de habitación y entró en la mía. Y, una vez que estuvo dentro, ya no quería marcharse...

Al día siguiente esperaba una disculpa, una explicación, algo. Pero el tipo pasó de dar explicaciones. A lo mejor ni siquiera se acuerda de lo que hizo. En cualquier caso, fue muy desagradable. Es muy desagradable no poderte fiar de tus propios compañeros de casa...

Así que he solicitado un cambio de apartamento. Espero poder irme a vivir al piso de Pili. ¡A ver si me lo conceden!

¿Y vosotros, qué tal? ¿Habéis celebrado la fiesta de la facultad? ¿Cómo ha sido?

Seguro que no me habéis echado nada nada de menos.

Bueno, yo a vosotros tampoco.

Es broma.

A ti sí te echo un poco de menos. Un poco.

Sobre todo, nuestras charlas trascendentales sobre relatividad, física cuántica y lo que se tercie... ¡Cómo mola hablar de cosas maravillosamente difíciles sin entender ni una palabra con otra persona que entiende tan poco como tú, pero que flipa con las mismas cosas!

Ah, y hablando de todo un poco... Lo de que siga siendo yo me lo he tomado como algo bonito. Espero que no te importe.

Tú también, sigue siendo tú...

Y escríbeme, que los días son cada vez más cortos y cada vez más fríos y... bueno, eso.

Laura

Capítulo 4

A la mañana siguiente, mientras Emma se preparaba sus copos de avena con yogur para el desayuno, sonó su teléfono. Llevaba los cascos puestos, así que tocó brevemente el derecho para contestar. Era Sicilia, su mánager.

—Querida, ¿todo bien?

Lo preguntaba como si estuviese en algún rincón remoto de África.

—Sí, claro. Hola, Sicilia.

—Oye, qué bonito el directo, qué cosa más delicada. Y ha gustado, ¿eh? No ha sido un bombazo, pero para un mes de julio, no está nada mal. Y los comentarios, preciosos.

—Ah, genial. Me alegro.

—¿Qué tienes pensado hacer hoy?

La voz de Sicilia sonaba apremiante… ¿O era solo una impresión?

—Pensaba grabar en directo el proceso de hacer una tortilla de patata con mi abuela. Nunca he hecho ninguna, va a ser la primera. Y ella, bueno, no se puede tener mejor maestra…

—Ah… Bueno, puede quedar salado.

En la voz de Sicilia no había mucho entusiasmo. Pero a Emma no le afectaban demasiado sus reacciones. El instinto para saber lo que funcionaba o no con los directos no lo tenía Sicilia, lo tenía ella. Su mánager se limitaba a buscar caminos para sacar algún rendimiento económico a su trabajo.

—Pero harás más directos al aire libre, ¿no? Porque mira, nos ha salido un nuevo patrocinador de lujo. Acabo de colgar con ellos. Cuetos, la marca de ropa térmica. ¿No es fantástico? Ahora que estás en la montaña... Bueno, tendrías que haberlos oído, les pasé unos cortes del directo de ayer y están entusiasmados contigo.

—Vale... Pero ¿ropa térmica? Estamos en julio.

—Bueno, pero Boñar es un pueblo de la montaña. TIENE que hacer frío —replicó Sicilia, como si aquella exigencia fuese tan razonable que la montaña y el pueblo estuviesen obligados a cooperar—. Y, si no, pues haces un poco de teatro. Ahí junto al río se te veía un poco encogida de frío. Mira, quieren que promociones tres productos: un polar, una camiseta interior negra y unos calcetines. Piensa algo, tú eres ingeniosa.

—¿Un vídeo para cada producto?

—Exacto. Pagan bien, niña. No te doy cifras exactas todavía porque no las tengo, pero, en cuanto cerremos el acuerdo, vas a ver que merece la pena. Ya sabes, mételo en tu estilo sutil, como sabes hacerlo tú, sin que suene a anuncio.

—Eso en casos así es bastante difícil.

—Pero tú lo resuelves fenomenal. Y también estoy en contacto con una marca de mochilas impermeables...

—Sicilia, que solo voy a estar aquí una semana. Dos como mucho...

—¿Dos? Vale, pero no puedes perderte la invitación VIP al concierto de Aitana. Estará todo el mundo.

—Es el 17. Ya estaré en Madrid para esas fechas.

—Oye, ¿y ahí no te aburres como una ostra?

—Yo no me aburro nunca, Sicilia.

Su mánager se rio ruidosamente, como si hubiese dicho algo graciosísimo.

—Tienes un don, nena. Siempre te lo digo. Cuídalo. Besitos. Hablamos.

En cuanto colgó, con un gesto automático abrió WhatsApp. Había un audio de su madre. Le había enviado la segunda carta que le había hecho llegar Andrés la noche anterior.

«Hola hija. Vaya cosas que escribía yo, de verdad. Se ve que en esa carta me dio por hacer la gracia. Con Emilio, la verdad, es que siempre estaba muy relajada y nos reíamos mucho. ¿Has sabido más de él? Ya me contarás. Bueno, te dejo que estamos a punto de empezar una reunión. Besos».

Iba a contestarle, cuando entró otro mensaje. Era de Andrés. Enseguida le siguió un mensaje más.

Hola, Emma.
Adivina dónde estoy…

Mientras leía, entraron otros dos:

En Boñar. Espero que no te importe.
Acabo de bajarme del tren.
¿Puedes quedar?

Emma tecleó rápidamente una respuesta:

Puedo.
Pero tenías que haberme avisado.

Ya. Perdona. Si quieres lo dejamos.

No. Estoy terminando de desayunar.
Conoces el bar que se llama Viejo?

Lo busco. El pueblo no es muy grande.

Está en la calle principal, en el centro.
Nos vemos ahí en un cuarto de hora.

Andrés contestó con el emoji del pulgar hacia arriba.

Emma miró con desgana los restos de cereales en el fondo de su bol. Los apuró con la cuchara, aunque se le había quitado el hambre.

Se había duchado justo antes del desayuno y llevaba puestos los vaqueros y una camiseta de Patti Smith, así que lo único que tuvo que hacer fue calzarse las deportivas y coger una sudadera con cremallera, por si hacía algo de frío.

Se asomó al huerto para despedirse de Elvira, que estaba desgranando guisantes en le mesa del porche. La abuela todavía se encontraba en la cama, normalmente no se levantaba antes de las once.

—Me voy a tomar algo a Viejo. He quedado con un amigo.

—Ah, muy bien. Se lo digo a tu abuela.

La calle que conducía al centro del pueblo descendía en una pronunciada cuesta. Los aleros de tejas rojas de las casas enmarcaban un rectángulo de cielo intensamente azul. A Emma le encantaba aquel azul oscuro de los cielos de la montaña. Pensó que debía acordarse de mencionarlo en algún directo.

La cafetería Viejo debía de haber sido ultramoderna cuando la remodelaron en los años setenta del siglo veinte. Le habían puesto grandes escaparates con esquinas curvas, decoraciones de círculos gigantes de colores marrones y naranjas en las paredes y un rótulo con letras medio *hippies*. Las sillas eran de escay, mullidas y cómodas, y las mesas, de algún conglomerado forrado con una imitación a madera.

Había algunos ancianos hablando a gritos en la barra, pero solo una de las mesas estaba ocupada. Emma miró al adolescente altísimo que sorbía con una pajita un brebaje que seguramente era colacao.

El chico levantó la mirada del vaso y sus ojos se cruzaron. Saludó a Emma tímidamente con la mano.

Emma le sonrió para indicarle que lo reconocía, se acercó a la barra a pedir un té y luego se sentó frente a él en el blando sillón de escay. Él no se levantó; no se besaron ni se dieron la mano.

—Hola —saludó Emma—. Andrés, ¿verdad?

—Sí. Gracias por venir. Pensarás que estoy fatal...

—No, ¿por qué? Todo esto de las cartas es una aventura. Yo también estoy un poco obsesionada. Y mi madre.

—¿No le parece una cosa de críos?

—Qué va. Le encanta el juego. Me ha sorprendido, ¿sabes? Ella nunca habla de la época de la universidad.

—Me parece tan increíble que dejase la ciencia...

—A su manera, sigue pendiente. Tiene una suscripción individual a la revista *Nature* y todo. Y lee muchísimos libros de divulgación científica en inglés, no solo de biología; también de física, de geología...

—¿Tiene una suscripción a *Nature*? Eso es carísimo, un día me lo explicó mi padre. Creía que solo las universidades y los centros de investigación la tenían.

—Ya... Bueno, mi madre no tiene problemas de dinero —Emma calló mientras el camarero se acercaba con la bandeja y depositaba frente a ella una taza alta y una tetera metálica humeante. Cuando se fue, continuó—. Eso ha sonado horrible. No es que seamos hipermillonarios...

—Tus padres tienen el conglomerado Naturóleo. Lo he leído en Internet. Eso es... una de las empresas de productos ecológicos más fuertes del país.

—Ya. Bueno, lo que te decía, que le sigue interesando la ciencia.

Andrés asintió y sorbió pensativo un poco más de su colacao. Tenía una forma de mirar a los ojos directa y tranquilizadora. Te hacía sentir bien.

—Lo de mi padre es raro —dijo—. Está en primera línea de una investigación muy valorada, el cáncer, todo eso, ya sabes. Ha dedicado su vida a la ciencia. No era una persona con muchas ganas de irse de España, pero se fue porque..., bueno, porque era la manera de tener la carrera que él quería. Y a veces, muy pocas veces, cuando habla de alguna cosa que han descubierto en el laboratorio, le brillan los ojos de una manera que... es como si rejuveneciera. Pero eso pasa, ya te digo, muy de tarde en tarde. Normalmente, nunca habla de ciencia. Si le preguntas su opinión sobre, yo qué sé, el chat GPT, las nuevas misiones a la Luna... contesta con cualquier tontería graciosa y se acaba la conversación. Si le pides ayuda con algo, te manda un enlace a una web donde lo explican... Nunca hemos tenido una conversación sobre ciencia.

—¿Tú has hecho Ciencias en bachillerato? —se interesó Emma—. ¿Qué vas a estudiar?

—Sí, he hecho la rama tecnológica. Pero todavía no he decidido qué quiero hacer. Mi madre es de Matemáticas, no sé si te lo había dicho. Ella me anima a que vaya por ahí. O a que elija una ingeniería. Mis profesores también, todos empeñados en eso.

—¿Y a ti qué te gusta?

—A mí me gusta todo. Casi me gustan más el Arte y la Biología que las materias de mi rama. Pero no sé, como todos se empeñaban en que era lo mejor…

—¿Y tu padre qué te dice?

—Nada —Andrés removió los restos del colacao con su pajita mientras sonreía con aire ausente—. No sabe, no contesta. «Allá tú. Da lo mismo lo que hagas, vas a ir al paro de todas formas…». Y se ríe. Es una broma. Tengo buenas notas, él no se cree lo del paro, no creo que lo diga en serio. O me dice también: «Hagas lo que hagas, no vas a aprender nada que merezca la pena».

—Dando ánimos, vamos.

Andrés se encogió levemente de hombros.

—Él es así. O, por lo menos, quiere que lo veamos así. Cínico, malhumorado, prepotente… y gracioso, a su manera.

—Pues no es lo que parece cuando lees las cartas.

Andrés volvió a clavar sus ojos serios y grises en los de Emma.

—Yo siempre he pensado que es una pose. Que, en el fondo, es muy sensible. Lo que pasa es que no quiere que nada le haga daño y se protege. Lleva puesta una armadura de cinismo y nunca se la quita.

—Vaya. Lo has explicado genial —observó Emma admirada.

Las mejillas de Andrés se tiñeron de rosa.

—Es que eso también me gusta, las palabras. Escribir. ¿Sabes lo que de verdad me gustaría? Hacer mangas. Los guiones, los dibujos, todo. No soy el mejor del mundo dibujando, pero no se me da mal.

—Pues tiene que ser una profesión muy bonita.

Andrés meneó la cabeza con una sonrisa burlona hacia sí mismo.

—Para mis padres, ni siquiera es una profesión. Mi padre se lo toma todo a risa, pero lo del manga no. Le parece una especie de adicción peligrosa, como si estuviera enganchado al *crack* o algo así.

Emma se rio.

—Qué exagerado.

Se sacó de la pequeña mochila un sobre con una dirección escrita en tinta verde sobre el anverso.

—He traído la segunda carta de tu padre, la que responde a la carta que me mandaste —dijo—. Por si quieres que la leamos juntos.

A Andrés se le iluminó la cara.

—¡Qué buena idea! Pero… ¿aquí?

—No, espera. Vamos a la zona de puente romano. Nos sentamos allí y la leemos.

—Vi el puente en el resumen del tu directo. Muy chulo todo.

—¿Boñar lo conocías?

—He venido alguna vez con mi madre en verano —contestó Andrés—. Mi padre venía de adolescente a unas colonias que organizaban aquí los Agustinos.

—Sí, conozco el edificio. Luego, si quieres, nos podemos acercar.

Emma pagó la cuenta y salieron al aire fresco del verano montañés. Caminaron a buen ritmo en dirección al soto, y, una vez allí, tomaron el sendero sin asfaltar que iba por detrás de la piscina para llegar hasta el puente romano.

Mientras caminaban, no hablaron mucho. Cuando cantaba algún pájaro, Emma decía cuál era. Eso se lo había enseñado su madre. También fue capaz de identificar un escarabajo que se encontraron en el suelo. Ciervo volante, dijo. Uno de los preferidos de mamá.

Estaban ya bordeando el río y con el puente a la vista cuando le hizo a Andrés la pregunta que le rondaba desde el principio:

—Al final, ¿se lo has contado ya a tu padre?

Andrés tardó unos cuantos pasos en contestar.

—Se lo dije ayer. Me costó un rato que entendiera de qué le estaba hablando.

Hablaba alto para hacerse oír sobre el fragor de la corriente. Emma pensó que añadiría algo más, pero esa fue toda su explicación.

—Bueno, ¿y qué? —se impacientó Emma—. ¿Cómo reaccionó?

El sendero subía en ese punto para enlazar con el camino del puente. Una vez arriba, el rumor del ruido sonaba más lejano.

—Pues dijo… «No había vuelto a pensar en Laura desde hace muchos años. ¿Cómo está?». Eso último lo preguntó con un tono que le conozco muy bien. Un tono que intenta parecer indiferente pero no lo consigue.

—¿En serio? —Emma sonrió—. En el fondo, tu padre debía de ser bastante tímido.

—Supongo. Le dije que estaba bien, pero que yo no había hablado con ella sino con su hija, o sea, contigo. ¿Y sabes qué me dijo entonces?

—¿Qué?

—Me dijo… «Si se parece a su madre, será tontísima y listísima a la vez. Es broma. Será un poco ingenua, pero buena persona». Luego me preguntó si ya te conocía en persona o si iba a conocerte. Le contesté que a lo mejor... Se quedó callado un momento y luego me soltó: «Nada de juegos. Es la hija de Laura. Trátala bien».

El firmamento en una patata

León, noviembre 1991

Hola, Laura. Joder, me has dejado preocupado con tu carta. Primero, porque, con la nevera y la cocina que describes, pareces en riesgo permanente de intoxicación. Lo segundo… a ver, ¿tú dónde te has metido exactamente? ¿Un tío entra en plena noche en tu habitación, bueno, no solo en tu habitación, en tu cama, y no sales corriendo a denunciarlo a la policía? Ya sé, ya sé, no fue nada, pero podía haber sido… ¿No se te ha pasado por la cabeza la idea de pasar el cerrojo de tu puerta antes de irte a dormir?

Espero que cuando recibas esta carta ya estés en el otro piso que dices. Aunque, pensándolo bien, si estás en el otro piso no recibirás la carta... Bueno, de todas formas, mejor que te cambien pronto. La gente del piso de Pili parece maja, por lo que cuentas. Y la fiesta de Halloween esa debió de ser divertida.

La de la facultad, pues hija, como todos los años. Las mismas caras, las mismas bromas, la misma gente que pierde los papeles más o menos a la misma hora de la madrugada... Espera, que uno de esos fui yo... Naaa, es broma. Voy estando mayor para los excesos. Veintiuno, imagínate. Si fuéramos neandertales, seríamos viejos.

Hablando en serio, me habría gustado coger unas cuantas muestras de esa nevera tuya, preparar unas tinciones y ponerlas debajo del microscopio. Oye, los hongos al microscopio... algunos son maravillosos. El otro día hablabas del amor a la ciencia, de que tú querías entender el universo y todo eso que ya sabes que comparto, aunque nunca lo confesaría delante de un juez porque suena cursi y un poco alien. Pero bueno, a lo que iba: ¿sabes cuándo tengo yo muchas veces uno de esos momentos de... «estoy viendo el universo, estoy viendo una parte de la realidad que no sabía que existía y es una maravilla y casi me da vértigo»? Pues me ha pasado mucho con el ojo pegado al objetivo de un microscopio.

Una sencilla muestra de patata, por ejemplo. Al microscopio óptico, con luz polarizada... Eso lo has visto tú también. Los amiloplastos parecen estrellas en un cielo violeta. Te puedes quedar mirando ahí y se te pasa el tiempo... Es un poco psicodélico...

Bueno, ¿y qué me dices de ver espermatozoides? Eso te pone un nudo en el estómago. El misterio último, nuestro origen. Tan numerosos, tan vivos... No te rías, pero la primera vez que los vi fue en una práctica en el colegio de Agustinos. Todo muy profesional, no vayas a pensar. El profesor pidió voluntarios. No había chicas, ya sabes, así que... a ver, obviamente yo no me ofrecí, pero no todo el mundo es tan pudoroso. El caso es que teníamos un par de sacrificados voluntarios. Y al día siguiente vinieron a clase con las muestras. Vimos el esperma al microscopio, sí. Fue mágico. Imagínate lo que debe de ser ver el espermatozoide entrando en el óvulo en el momento de una fecundación *in vitro*... Puede que yo no llore viendo *Casablanca*, pero viendo eso lloraría de emoción, te lo juro.

No sé si lo sabes, pero la chica con la que salgo, Elena, está de alumna interna en Fisio Vegetal. Un día me invitaron a ver una cosa chulísima. Los granos de polen de una asterácea, todos cubiertos de espinas, sobre los estigmas de la flor...

Una maravilla. Y otro día… eso sí que fue increíble. Vimos cómo se liberaban los anterozoides de un helecho nadando libremente en el agua del portaobjetos. Una preciosidad. Aunque a mí, como sabes, me tira más la fisio animal. ¡Animal que es uno! (Dios, cada día hago peores chistes). Y ahí también se ven cosas chulas. Imagínate un paisaje de neuronas expuestas a marcadores fluorescentes… *Like a rainbow…*

Creo recordar que a ti lo de la microscopía no se te daba especialmente bien, ¿verdad? Me acuerdo de una práctica de Micro en tercero… ¿Sería una tinción de Gram? No son fáciles, es verdad, pero es que en tus preparaciones no se veía nada de nada. Se te decoloraron todas las bacterias, las gram positivas y las gram negativas. O te pasaste con el lavado de lugol, o en lugar de usar cristal violeta como colorante en la primera fase le echaste acuarela morada…

Vale, vale, no quiero hacer sangre. Todos hemos tenido nuestros errores al microscopio. Yo en segundo, en una práctica de Histología… Nada, que no conseguía enfocar… No había manera. Y yo diciéndole al profe de prácticas… «Oye, que este microscopio no va, que está roto…». Total, que el tío viene, mira a la platina, me mira a mí, sin sonreír pero muriéndose de risa por dentro, estoy seguro, baja la platina con el tornillo, saca la preparación... y le da la vuelta. Había colocado la preparación al revés, la muestra con el cubre hacia abajo.

Y luego está la emoción del microscopio electrónico. Mira, tú dirás lo que quieras, pero el día que nos llevaron a verlo en primero de carrera me latía el corazón como si estuviese a punto de entrar en un cohete para ir a la Luna. Y parecía eso, tecnología espacial. Yo ahora estoy de alumno interno en Morfología Microscópica y ya lo he usado yo solo varias veces, ¿qué te parece? ¿Cómo se te queda el cuerpo? Pues cada vez que lo uso, sigo teniendo la misma sensación de estar en una peli de ciencia ficción. Ver mitocondrias, tía. No granitos casi imperceptibles, ver las mitocondrias con sus crestas perfectamente dibujadas, los cloroplastos con sus tilacoides apilados, ¡los ribosomas pegados al retículo endoplasmático rugoso! Si no lloraste el día que viste eso por primera vez, es que no tienes corazón...

Yo todavía flipo cuando veo esas estructuras tan nítidas en la pantalla, con todos sus detalles. Y cuando piensas lo diminuta que es una mitocondria... como dos micras o así... Un día me entretuve haciendo cálculos absurdos de los míos. Mira, si comparas el tamaño de una mitocondria con el de una célula..., sería como un balón en una cancha de baloncesto. Te puedes imaginar un ser humano como un país entero dividido en 30.000 millones de canchas de baloncesto (las células), y en cada una pon que haya unos cientos de mitocondrias, o sea, de balones... ¿Lo visualizas? ¿A que se te hace un nudo en la garganta?

Sinceramente, creo que uno de los peores errores que has cometido en la vida fue pegar esa frasecita que llevabas en tu carpeta de primero. No podías pegar una foto de U2 o de los de Radio Futura como todo el mundo, no. Tú tenías que pegar una frase de Julio Cortázar, de *Rayuela*. Y no cualquier frase. Una contra el microscopio electrónico. Creo que la clase entera de primero te odió cuando apareciste con aquello. Yo me quedé tan impactado, que me la sé de memoria. Más o menos. Era algo así como... «La admiración de algunos tipos por un microscopio electrónico no me merece más respeto que la de las porteras por los milagros de Lourdes». Y digo yo... ¿Se pueden meter más insultos y alusiones desagradables en menos palabras? El tío carga contra los científicos, contra los microscopios, contra las porteras, contra los milagros... Claro, porque es un intelectual que está por encima de todo eso. Me repatea el hígado. Ya sé que a ti te va mucho esa gente. Eres una poeta laureada, con ese premio que ganaste y tal… El año pasado, dejaste de venir con nosotros para ir con esos de la tertulia literaria… Que dirán cosas parecidas a la de Cortázar todo el rato, me imagino, ¿no? Y tú tan feliz.

Me ha salido mi lado más crítico y protestón, pero no me voy a disculpar. Cada uno es como es. Yo a ti te aguanto tus ínfulas literarias, tú a mí… esto. La verdad es que te lo perdono todo porque luego vas y te pones a escribir poemas y resulta que hablas del cielo estrellado en una patata, o por lo menos eso me pareció, y hablas de las espirales perfectas de los amonites y de toda clase de animales y plantas… Miosotis en los iris de alguien a quien le dedicas unos poemas muy sentidos, por cierto… Y los miosotis son azules… Hagamos deducciones… Desde luego, una cosa está clara. El destinatario de los poemas no soy yo. Los míos son verdes como mucho en los días buenos, y en los días malos, grises. Últimamente son grises casi todo el tiempo. Tengo más días malos que lo contrario. Ya sabes lo que dicen los de Celtas cortos:

A veces llega un momento en que te haces viejo de repente,

Sin arrugas en la frente, pero con ganas de morir…

Caminando por las calles, todo tiene igual color…

Siento que algo echo en falta, no sé si será el amooooor.

Esta te la sabes porque la hemos cantado a gritos los dos solos por el barrio del Egido a las tantas de la madrugada. Una noche que fuimos unos cuantos a bailar al Andamios, ¿te acuerdas? Y luego yo te acompañé a tu casa.

No sé cómo no nos detuvo la policía. Y ni siquiera habíamos bebido. Qué *show*.

A veces me imagino que dentro de muchos años seremos científicos serios y ultrarrespetados, habremos ganado uno o dos premios Nobel y tendremos cada uno un microscopio electrónico en casa. Imagínate enseñándole la casa a tu madre: Aquí el salón… aquí el cuarto de invitados… Aquí la cocina… Aquí el cuarto del microscopio electrónico… No, para el niño no hay cuarto. Había que elegir, niño o microscopio… ¡Y elegimos el microscopio!

Oye, por cierto, cuéntame algo de las clases, que aparte de las maravillas de tu frigorífico y del *sushi* y de tus vecinas y de tus vecinos de cuarto peligrosos, no sé nada de ti…

Es muy raro imaginarse la vida de otra persona cuando no te puedes imaginar ni el sitio, ni las caras de la gente con la que está, ni siquiera cómo es cuando habla en un idioma diferente… La verdad, no te imagino hablando todo el rato en inglés.

Aunque tampoco eres de hablar mucho todo el rato. Más de escuchar. Solo te explayas cuando estás con alguien a solas y el tema te entusiasma. Yo lo he conseguido en estos cuatro años como… siete u ocho veces.

Sí. Las he contado. ¿Qué pasa?

Uyyy. Me estoy metiendo yo solo en un pantano…

Me voy a estudiar Bioquímica.

Cuídate. Chaoooo.

Capítulo 5

Emma y Andrés habían leído la vieja carta de Emilio sentados en el pretil de piedra del falso puente romano, con las cabezas muy juntas para ir siguiendo las irregulares líneas de palabras trazadas con bolígrafo verde. Emma terminó un poco antes y esperó a Andrés hasta que él llegó al final. Entonces se miraron.

—A mi padre le gustaba tu madre —dijo Andrés, enrojeciendo ligeramente—. Esto es un poco raro.

—No sé. Eran amigos, se decían cosas agradables y misteriosas. Es normal entre un chico y una chica que son amigos, ¿no?

Andrés tenía la vista fija en las aguas espumeantes del río Porma que pasaban por debajo de los arcos del puente y luego se alejaban entre los sauces y los fresnos de la orilla.

—No sé. No tengo muchas amigas chicas. Tampoco chicos. No me resulta fácil hacer amigos —dijo.

Emma se sintió un poco culpable por haber provocado aquella confesión.

—Lo siento —dijo con torpeza—. No siempre es fácil.

Una vez más, Andrés volvió hacia ella sus ojos grises y pensativos.

—Para ti sí. Tienes millones de amigos…

A Emma no le pasó desapercibida la ironía del comentario.

—Son mis seguidores, no mis amigos. Pero en la vida real sí tengo amigos y amigas. Espero que no te parezca mal.

—No. Solo me pregunto cómo lo hacéis la gente normal. Yo nunca he sabido. Desde infantil, no era de los que seguían al gallito de la clase, al líder en el fútbol, al más gritón… ya me entiendes. Prefería estar solo a ir detrás como un patito. No sé, pensaba que mis compañeros se darían cuenta en algún momento de lo guay que era yo y vendrían a jugar conmigo y querrían que formase parte de sus equipos… Pero nunca pasó. Tuve épocas de *bullying* y otras más tranquilas. A partir de cuarto de la ESO, me dejaron en paz.

—Que midas un metro noventa supongo que ayuda bastante —observó Emma sonriendo.

—Un metro ochenta y cuatro, no te pases. Pero sí, ayudó. Con ese tipo de tíos, lo físico es importante. Cuando se dan cuenta de que no se pueden pegar contigo, de que no te pueden arrinconar como antes… simplemente empiezan a pasar de ti. Pero, no sé. La culpa no es solo de los demás. Es algo en mí que está mal. Elijo a la gente equivocada. Tenía un grupo para jugar *online*. Éramos cinco. Solo a uno lo conocía del instituto. El resto, por Internet. Yo creía que eran mis amigos. Dos de ellos vivían en Madrid, hasta quería que mi madre me dejase ir a pasar un fin de semana con ellos. No me dejó. Y menos mal. Siempre se reían de mí, pero yo lo había normalizado. Hasta que ya empezaron a pasarse tanto que no podía hacer como que no me enteraba. Y fue horrible. No he vuelto a fiarme de la gente. Ya te digo, es algo que está mal en mí. No sé conectar.

—Yo creo que conectas muy bien. Solo que ahora todo es más a lo bestia, todo es rápido, ahí en la pantalla tienes millones de posibilidades, millones de personas con las que podrías tener una amistad, una relación... Inconscientemente, piensas... no puedo pararme a conocerte. Es una pérdida de tiempo. ¡Hay muchos millones más que podrían ser mejores amigos o mejores parejas que tú!

—No sé, yo no pensaría eso...

—Conscientemente no. Pero, en el fondo, está ahí —insistió Emma—. Hasta para ti, que, por lo que veo, no te relacionas mucho. Piensa en estas cartas de nuestros padres. Se tarda mucho tiempo en escribir cartas así. No sé cómo lo harían, le preguntaré a mi madre, pero seguro que empezaban un día, escribían un rato y luego seguían al día siguiente... No puedes dedicarle tanto tiempo a muchas personas. Tu círculo debe ser reducido para mantener relaciones así.

—Yo creo que el círculo de ellos dos era muy reducido —opinó Andrés—. Emilio y Laura. Laura y Emilio. No había nada más.

—Pero tu padre tenía una novia. Y Laura salía con un montón de chicos allí en Escocia. Cada uno tenía su círculo, y me parece que no coincidían mucho.

—Ya, ya lo sé. Pero, aparte, ellos formaban otro, una especie de círculo secreto, cerrado, ¿no tienes esa sensación?

La mirada de Andrés era tan intensa, que por un momento Emma se olvidó de responder.

—Sí. Puede que sí —dijo finalmente.

Se puso en pie y se guardó la carta en la mochila.

—¿A qué hora tienes el tren de vuelta? —preguntó—. Puedes quedarte a comer en casa de mi abuela, si quieres. Estoy segura de que no le importará.

—No... No quiero abusar. La próxima vez, si te parece bien, podrías venir tú a León. Yo me voy en un tren que pasa a las dos y media.

—Vale... Tenemos tiempo de volver paseando tranquilamente. Si quieres, vamos por la carretera en lugar de por el río. Así podemos pasar por el viejo edificio de los Agustinos, donde dices que venía tu padre a los campamentos. Ahora está en ruinas.

Lo hicieron así. Aunque las aceras eran muy estrechas, apenas circulaban coches, de manera que podían ir uno junto al otro, conversando.

—¿Y tú qué vas a estudiar, Relaciones Públicas o algo así? —preguntó Andrés.

—¿Por qué iba a estudiar eso? Qué horror, no me gustaría nada.

—Pero es tu trabajo. Es lo que haces ya en las redes, ¿no?

—Para mí no es un trabajo. A ver, tengo patrocinadores y gano dinero. Me viene bien. Pero no lo quiero hacer como un trabajo, es una afición. Y quiero poder dejarlo cuando me dé la gana. Quiero estudiar Medicina.

—Uf. Debes de tener notazas si vas a hacer Medicina.

—Tengo notazas, pero me han faltado unas décimas, y no quiero ir a una universidad privada con el dinero de mis padres. Así que este año no sé, estudiaré para ver si mejoro esas notas todavía más y entro el año que viene.

—¿Por qué no te pones a estudiar otra carrera?

Emma miró a Andrés como si hubiese preguntado una tontería.

—Soy buena estudiante —dijo—. Me gustan las ciencias. Todo el mundo espera que haga Medicina. Quiero ser médica.

—¿Siempre te ha gustado? A mí no me gustaría nada el trato con los enfermos, la responsabilidad... Me parece muy duro. Eso, sin contar que me desmayaría haciendo disecciones.

—Yo no quiero ser médica asistencial. Quiero dedicarme a la investigación.

—Pues, para eso, estudia Biología u otra carrera en esa línea —dijo Andrés, convencido—. ¿Sabes que la mayoría de los premios Nobel de Medicina no son médicos, sino biólogos? Mi padre da clase de Fisiología en la Facultad de Medicina de Viena. Dice que la formación de los médicos no profundiza tanto en los mecanismos moleculares como debería. Que todo eso lo comprenden mucho mejor los biólogos que los médicos.

—¿Eso dice? Pues no debería ser así.

Andrés hizo una mueca.

—Cada tipo de estudios tiene su tradición, su manera de hacer las cosas. Lo de Medicina viene de lejos. Está muy enfocado al trato con los pacientes. La medicina se estudiaba antes de que se supiera nada de los mecanismos moleculares del metabolismo. Aunque se vayan adaptando a los nuevos tiempos, priorizan una manera de ver la ciencia que, según mi padre, se ha quedado un poco anticuada.

—Pero tiene que haber médicos —replicó Emma, picada—. Todos los necesitamos antes o después.

—Por supuesto. Pero no me creo que todos los alumnos brillantes del área biosanitaria quieran ser médicos. Quieren el prestigio de los médicos, ni siquiera se plantean otras carreras.

—Bueno, es que si puedes hacer Medicina, ¿por qué vas a hacer otra cosa? —Emma parecía cada vez más irritada.

—Pero tú no puedes hacer Medicina —replicó Andrés con calma—. La nota no te da.

Emma estaba a punto de lanzar una réplica furibunda cuando del bolsillo trasero de Andrés salió un estallido de campanas. Era el tono de móvil que tenía asociado a su padre.

—Qué raro —dijo—. Si no me llama nunca…

Dudó un momento y enseguida descolgó.

—Hola… ¿Pasa algo?

Emma no oyó la respuesta al otro lado de la línea.

—Nada. Todo bien —contestó Andrés—. He venido a Boñar a pasar el día.

Nueva respuesta inaudible.

—Sí. Estoy con ella ahora. ¿Quieres saludarla?

Escuchó un momento con el rostro vuelto hacia Emma.

—Mi padre te envía saludos —dijo—. Y recuerdos a tu madre.

—Saludos también para él —contestó Emma, perpleja.

Andrés siguió hablando unos minutos por el móvil.

—Sí. No, me vuelvo a mediodía. Sí, muy bien. Hemos leído otra carta tuya. Si quieres, te la mando.

La respuesta de Emilio al otro lado hizo que Andrés mirara al cielo con expresión de impaciencia.

—No te preocupes. Nadie va a hacer eso. ¿Quieres decírselo tú mismo?

Emma aguardó con curiosidad, pero Andrés finalmente no le pasó el teléfono.

—Vale. Adiós, cuídate —y colgó.

Durante la conversación telefónica habían seguido caminando y habían llegado al centro del pueblo.

—Mi padre quiere que te diga que no tienes permiso para colgar las cartas en tus redes sociales ni publicarlas en ningún sitio —dijo, visiblemente avergonzado—. Se ve que ha estado investigando por su cuenta y se ha enterado de que eres *influencer*.

—No voy a hacer nada de eso, ¿a quién se le ocurre? —replicó Emma indignada—. Si hubiese investigado un poco más, sabría que ese no es el tipo de contenido que yo subo a mis redes.

—Pues algo sí ha debido de investigar, porque te ha visto. Dice que te pareces mucho a Laura. Ha dicho... «tan delgada como ella».

Se miraron y, como si sus cerebros se hubiesen conectado directamente prescindiendo de las palabras, se pusieron a cantar a la vez:

—*Huesos, huesos, tú eres solo huesos*
unidos por muy poca pieeeel.

Siguieron cantando aquella vieja canción de Los Burros hasta que llegaron a la estación. Emma no la sabía antes de leer las cartas, pero el día anterior la había buscado en Spotify y la había escuchado en bucle hasta aprendérsela.

Ya en la estación, Andrés sacó el billete en una máquina. Emma lo acompañó hasta los tornos metálicos que daban acceso al andén. Tenían que despedirse allí.

—¿Sabes que el cantante de Los Burros luego fundó otro grupo, El Último de la Fila? —preguntó Andrés.

—Los Burros, El Último de la Fila... Había un problema de autoestima ahí, ¿no?

Andrés sonrió.

—A mi padre ese segundo grupo le encantaba. Su canción preferida de aquella época es una de El Último de la Fila que se titula *Aviones plateados*. ¿Qué te apuestas a que antes o después sale en las cartas?

—Una cena en el barrio Húmedo —dijo Emma, devolviéndole la sonrisa.

—Hecho.

Andrés le tendió la mano y Emma se la estrechó solemnemente.

Oyeron en ese momento el silbido lejano del tren. Andrés metió el billete en la ranura del torno y pasó al otro lado.

—Vete preparando la cartera —dijo—. Porque esa cena es mía…

Emma se quedó detrás de los tornos hasta que el tren llegó y Andrés se subió a uno de sus dos vagones pintados de gris y amarillo. Cuando el tren se puso en marcha, dijo adiós con la mano. Nunca había hecho eso antes. Nunca había agitado la mano para despedirse de alguien que se aleja en un tren.

Capítulo 6

Después de comer, Emma salió al porche a preparar el directo de la tortilla de patatas que iba a hacer con su abuela. Esther no estaba nada preocupada por el hecho de que la fuese a grabar en aquel momento cotidiano e íntimo de hacer la cena. El hecho de que Emma se lo pidiese bastaba para que se lo tomase como algo normal.

Emma se sentía un poco culpable por lo que iba a hacer. Su abuela no parecía consciente de que en unas pocas horas ella misma se iba a convertir en una celebridad. Cientos de miles de personas estarían fijándose en cómo mezclaba el huevo con las patatas, pero también en cómo llevaba las uñas, en si tenía o no demasiadas arrugas para su edad, en su manera de hablar... Escribirían comentarios sobre todo aquello, intentarían interpretar cada gesto, las palabras, los silencios, le sacarían punta a una mueca de los labios, a una sonrisa...

Quizá fuese mejor dejarlo completamente. Emma entró en la casa.

—Abuela, he pensado que lo de la tortilla, mejor otro día —anunció.

—Lo que tú quieras, hija. Yo ya me había hecho a la idea...

La que peor se lo tomó fue Elvira.

—Pero vas a decepcionar a todos tus seguidores —le recriminó a Emma con exagerada tristeza en la voz—. ¡Están todos esperando!

—Colgaré otra cosa. Un paseo. Yo qué sé.

No era propio de ella improvisar. Normalmente planificaba al milímetro sus contenidos. Pero estaba cansada, y, sobre todo, desganada. La conversación con Andrés sobre las cartas de sus padres y lo que él le había dicho sobre los estudios de Medicina la habían dejado pensativa.

Dentro de la casa hacía más frío que en la huerta. Entró en el viejo salón y echó un vistazo a los libros que habían pertenecido a su abuelo. Eran ediciones baratas y amarillentas de una editorial argentina, Losada, que durante la dictadura de Franco publicaba libros que en España no se podían publicar. Emma se acercó a inspeccionar la estantería. Había títulos de historia, biografías, novelas... Los libros de poesía tenían feas cubiertas grises. Cogió uno de Pablo Neruda: *Residencia en la Tierra*.

Con el libro en la mano y un polar negro colgado del brazo, se marchó a pasear. En lugar de tomar el camino del soto, eligió otro que subía hacia la Salona. Normalmente lo evitaba porque en esa zona, cuando era pequeña, solía haber ganado en libertad y los perros le daban miedo. Además, el camino ascendía en una pronunciada pendiente y en los primeros tramos apenas había sombras.

Aun así, no lo dudó y comenzó el ascenso. No estaba muy acostumbrada a hacer senderismo, así que el ritmo del corazón se le aceleró enseguida, y a cada momento tenía la sensación de quedarse sin aliento.

Después de quince minutos de caminata, se sentó a descansar en una piedra. A lo lejos se oían esquilas de vacas y también las voces lejanísimas de la gente en la piscina.

Sacó el móvil y vio que tenía varios mensajes de Andrés. Se los había mandado durante el regreso a León en tren. Comenzó a leerlos empezando por el último, pero así no tenían sentido, así que hizo *scroll* hacia arriba para leerlos en orden. ¡Eran bastantes! El primero sonaba bastante previsible.

Gracias por todo. Ha sido genial.

El segundo parecía querer iniciar una serie de disculpas y explicaciones. A partir de ahí, todos iban encadenados.

Oye, no quería desanimarte con lo de Medicina.
Me parece un trabajo increíble, para quien le guste.
Solo quería decirte que, si te gusta la investigación,
hay otras cosas también.

Pero entiendo que es un asco que intenten influirte.
A mí me fastidia mucho que me lo hagan.

Y me lo hace todo el mundo todo el tiempo.
Bueno. Tú no.
¡Contigo ha sido más bien al revés! 🙈🙈

No quiero que pienses que soy esa
clase de persona que dice a
los demás lo que deben hacer.
Ni siquiera tengo idea de lo que
quiero hacer yo!!!

La verdad es que no te pareces en nada
a lo que yo me imaginaba de una influencer.
Eres guay.

Se me olvidó pedirte un autógrafo
para mi hermana Carlota. Cuando
se entere me va a matar.

Emma empezó contestando al último mensaje.

Te lo firmo para la próxima vez.
En un par de días voy a verte.
A lo mejor grabo un directo en León.

La respuesta no tardó en llegar.

Conmigo no cuentes.
Si quieres se lo digo a Carlota...

Emma se guardó el móvil en el bolsillo del *short* con un gesto brusco, se levantó de la piedra que había elegido para descansar y continuó subiendo en dirección al monte. No sabía por qué, esas negativas categóricas que la gente le soltaba a veces por WhatsApp la irritaban profundamente. Siempre pensaba: «A la cara me lo habrías dicho de otra manera». ¿Por qué la gente perdía la cortesía de esa forma en Internet?

Su madre se lo había explicado una vez. Cuando no ves la cara de la persona con quien estás hablando, no ves su expresión, no sabes si tus palabras la están ofendiendo, divirtiendo, apenando... Y te vuelves insensible. Dices cosas que no dirías a la cara. Por eso hay tantos casos de acoso a través de Internet, decía Laura.

Al llegar a un bosquecillo de pinos, Emma se internó entre los árboles. Caminó sin rumbo entre los troncos esbeltos, recorriendo el mosaico de sombras que proyectaban las copas sobre la tierra blanda y cubierta de una alfombra de cobre formada por las acículas secas.

Después de un rato avanzando en zigzag, se sentó con la espalda apoyada en uno de los troncos y volvió a sacar el teléfono.

Andrés había vuelto a escribir.

Te has enfadado? Espero que no?

Si vienes a León, podemos ir juntos al MUSAC,
¿lo conoces?

El Museo de Arte Contemporáneo.
Lo he visto por fuera. Es bonito, con los
cristales de colores.

Dentro siempre hay exposiciones interesantes.

Si te gusta el arte contemporáneo.

A mí me gusta. ¿Ves lo que decía tu madre
sobre lo de que «ella quería entender el universo»?

Hay muchas formas de querer entender el universo.
La ciencia es una. Hace buenas preguntas. Descubre
conexiones entre cosas que parecían no tener nada que ver.

Pero el arte, el cine...
También son formas de entender el universo.

Tus padres te van a desheredar.

No creas. Los dos leen, les gusta ir a museos...
En Viena siempre hay buenas exposiciones.

Una vez fui a un museo de arte moderno
en Ámsterdam con mi padre.

Creo que nunca me he divertido tanto con él.
Yo tendría... no sé, ocho años.

Lo que me gustó de ese museo es que no había normas sobre lo que tenías que ver en cada cuadro, cómo había que interpretar las cosas. Si te daba la risa, estaba bien, me dijo mi padre. De eso se trataba. De que cada uno mirase y «dialogase» con la obra. Me encantó.

Pareció que Andrés dejaba de estar en línea, pero un momento después, Laura vio la imagen borrosa de una foto que se estaba descargando. Cuando por fin terminó de bajar, la pulsó para abrirla. Se veía a Andrés mucho más pequeño, con gafas y una sonrisa radiante en su carita mofletuda de niño. Su padre, un hombre muy delgado con jersey gris y vaqueros, estaba riéndose a carcajadas con él. Detrás había una obra de grandes bandas de colores en zigzag que cubrían una pared entera. Emma sonrió. La foto le hizo entender lo que quería decir Andrés.

Iremos al MUSAC

Dudó un momento antes de escribir el siguiente mensaje.

Contigo es fácil hablar de cosas como arte,
ciencia, el universo. Cosas de las que nunca se habla.

Esperó a que Andrés teclease su contestación:

Es verdad. Pero no lo entiendo. ¿Por qué no?
Tú podrías hacer un directo sobre eso.

Emma se quedó pensando.

No sé. No se puede hacer porque
hablar de arte, del universo, de la ciencia...
Es hablar del sentido de las cosas.
Es hablar de algo muy íntimo. Y por eso no se
puede hacer más que con personas que
te gustan, en las que confías...
Como tu padre y mi madre en las cartas.

Era un mensaje demasiado largo para WhatsApp, pero quería que Andrés entendiese bien lo que quería decir. Él también tardó un rato en escribir la respuesta.

Tienes razón. Es por eso. Pero nosotros
sí hablaremos de esas cosas, ¿verdad?

Emma notó la sonrisa en sus labios mientras tecleaba a toda velocidad:

Claro!

Esta vez, Andrés le contestó con una larga fila de emojis sonrientes. No hacían falta las palabras.

A Emma se le ocurrió una idea.

Qué te parece si esta noche nos mandamos las cartas a la vez? Los dos a la vez, yo a ti una de tu padre y tú la de mi madre. A las once en punto, por ejemplo?

Me gusta. Sí, a las once en punto.

La app indicaba que estaba escribiendo un nuevo mensaje. Emma esperó.

Y cuándo vienes a León

Se le había olvidado la interrogación final, pero, obviamente, era una pregunta.

Mañana
Por la mañana te concreto la hora.

Otra fila de emojis sonrientes. Y más cosas: olas, un árbol, más olas, un fuego solitario, un trébol de cuatro hojas y varios emojis pensativos.

Emma envió tres emojis con lágrimas de risa en la cara y cerró la *app*. Un cosquilleo agradable, como cuando un niño pequeño te besa en la mejilla, le revoloteaba en la piel, muy cerca de los labios. El mensaje de Andrés se podía interpretar de muchas maneras. Era misterioso, divertido y un poco desafiante… No importaba mucho lo que quisiera decir, él simplemente se había dejado llevar por la emoción del momento y la había descrito con aquellos pequeños dibujos.

Le gustó que lo hiciera, que sintiese esa confianza con ella, aunque se acabasen de conocer.

Lucy, la Sima de los Huesos y el fósil que nunca existió

Stirling, diciembre de 1991

Hola, Emilio. ¿Todo bien por León? Ya te imagino cantando villancicos a voz en cuello y comprando espumillones para decorar el árbol de Navidad... ¿O en tu casa sois más de poner el Belén?

En mi casa poníamos las dos cosas. Digo «poníamos» porque este año no sé lo que haremos. Como es el primero que no está mi padre... Estoy intentando convencer a mi madre de que quedemos «a medio camino» entre Stirling y León, o sea, en París, para pasar esos días. Por lo menos, así no será tan deprimente. Porque no me puedo imaginar la Nochebuena sin mi padre. Él siempre decía que era «un hombre de días ordinarios». No le gustaban mucho las celebraciones. Pero, para Nochebuena, siempre nos preparaba unas tarjetas decoradas con pegatinas de mariposas, insectos, flores... Escribía un poema para mi madre, otro para mi hermana y otro para mí, generalmente traducciones que hacía él de poemas alemanes. Uno para cada una de nosotras.

Todavía recuerdo el que me regaló en la última Navidad. El mío. Era de Bertolt Brecht. Se traduce así:

La primera mirada por la ventana cuando te despiertas,
el viejo libro que vuelves a encontrar,
caras entusiastas,
la nieve, el cambio de las estaciones,
el periódico,
el perro,
la dialéctica,
ducharse, nadar,
la música antigua,
zapatos cómodos,
la comprensión,
música reciente,
escribir, plantar,
viajar,
cantar,
ser amable.

¿Has visto? Me lo sé de memoria.

Perdona por esto, supongo que la cercanía de la Navidad me pone un poco triste. Cambiemos de tema…

Dices que no te cuento nada de las clases ni de la parte académica de mi vida en Escocia. Bueno, pues te voy a contar una primicia, pero tienes que guardarme el secreto. José Antonio Gil, de Microbiología, me ha ofrecido una beca de doctorado para el año que viene. Dice que, si la quiero, es mía. Es un proyecto sobre la bacteria del acné. Participan el CSIC y la Universidad de Oxford. Imagínate, suena muy bien. Estuvo aquí en Escocia porque es uno de los supervisores de los erasmus, y nos invitó a Pili y a mí a cenar en una pizzería que tiene un tren eléctrico dando vueltas todo el tiempo alrededor de las mesas, una cosa muy chula. Y luego, con mucho secretismo, me dijo lo de la beca. Pero es que no ha hablado solo conmigo. También se lo ha dicho a mi madre.

Ya sé lo que estarás pensando. Que no me merezco la suerte que tengo, que soy una privilegiada, que todo el mundo mataría por una beca así... Ya... El problema es que yo... no la quiero.

Antes de romper la carta y decir toda clase de barbaridades sobre mí, espera a que te explique.

Mira, a mí lo que más me gusta de la biología es todo lo relacionado con la evolución. Todo, desde el origen de la primera célula hasta el origen del hombre. Esto es lo que más me impresiona de todo. Aquí en Stirling estoy leyendo mucho sobre el tema. Me compré un libro de Donald Johanson, el paleontropólogo que descubrió el fósil de Lucy. Lucy fue el primer esqueleto casi completo de una *Australopitecus afarensis* que se descubrió. El libro se lee como una novela. Te sientes uno más de los paleoantropólogos, en uno de esos paisajes áridos del norte de Etiopía, en la región de Afar. Un terreno rocoso, con unos pocos arbustos espinosos sobre la tierra rojiza, atravesado por barrancos y cauces de ríos secos, bajo un cielo intensamente azul.

Ahora ponte en situación: estamos en noviembre de 1974. El aire quema, casi todos los días se superan los cuarenta grados. Y en esas condiciones, ahí tienes a Johanson y su grupo mirando todo el rato al suelo, recogiendo de la tierra cualquier trocito minúsculo que pueda recordar mínimamente a un diente, a una esquirla de una vértebra. Ya han encontrado algunos dientes que no parecen de ***Homo,*** pero tampoco de los ***Australopithecus*** conocidos hasta entonces. Han definido una nueva especie: ***Australopithecus afarensis.*** Creen que es el eslabón perdido, un antepasado común del ***Homo habilis*** (el primer humano) y los ***Australopithecus africanus,*** que se conocen desde hace tiempo.

Un día, Johanson recoge entre la tierra un fragmento del hueso del codo de un homínido. Tiene que haber más por los alrededores, está convencido. Se ponen a buscar todos. Y la suerte les sonríe: en pocos días, reúnen un esqueleto casi completo de una homínida de pequeña estatura. Tienen su ejemplar completo de ***Australopithecus afarensis.*** Saben que era una chica por la forma de la pelvis.

Por las noches, el cielo se vuelve naranja sobre el paisaje de barrancos oscuros. Donald y los otros se sientan a la puerta de sus tiendas a escuchar música. En un viejo radiocasete, suena la canción de los Beatles: ***Lucy in the Sky with Diamonds.*** Dime que la conoces. Onírica, psicodélica. Imagínate oír esa canción después de encontrar el primer fósil completo de homínido de la historia de la paleontología, ellos solos, perdidos en un árido barranco de Etiopía... El nombre del fósil fue Lucy, claro.

¿Por qué te cuento esto? Porque eso es lo que yo quiero. Buscar, buscar fósiles de homínidos en medio de un paisaje remoto, en África, en Afar como Johanson o en Olduvai como Mary Leakey, imagínate a Mary el día que encontró una pista donde se mezclaban huellas de distintos animales, y entre ellas unas huellas diferentes, sin garras, con una forma que sugería claramente un pie adaptado a la marcha bípeda. Huellas humanas... ¡De hace 3,6 millones de años!

Eso es lo que yo quiero, Emilio. No te rías de mí. Ya sé que en las excursiones de Botánica era la que se terminaba cayendo o la que tenía miedo de subir por una pendiente resbaladiza, y sentía vértigo cuando mirábamos desde lo alto. Y que me muevo por el campo como un pato de ciudad, si es que existe tal cosa. Bueno, me da igual. Yo quiero eso. Yo quiero ir a Kenia, a Etiopía. He buscado información. La Universidad de Londres tiene un máster de Paleoantropología, y una parte se hace..., ¿adivina dónde? ¡En Olduvai! La cuna de la humanidad. Es caro y mi madre no puede pagarlo, pero yo estoy dispuesta a trabajar y estudiar a la vez, si hace falta, puedo ponerme a trabajar en un McDonalds para pagarme el máster. Eso es lo que yo quiero.

Jose Antonio Gil dice que son fantasías, y que no es tan fácil, y que la Microbiología me va a abrir muchas más puertas, y un contacto con Oxford... Y mi madre me ha prometido que, si acepto la beca, ella a cambio me paga antes de empezar en Micro un curso de seis meses en París para mejorar mi francés. Es muy tentador...

Total, que no sé qué haré. Es fácil decir lo de Londres, pero hacerlo... Ni siquiera sabría por dónde empezar. Y en el plan de Micro, en cambio, todo me lo dan hecho. Y es un buen departamento, tú lo sabes.

El único problema es... que no me apetece nada pasarme cuatro o cinco años de mi vida estudiando la bacteria del acné. Y no hagas bromas con esto.

No sé, a lo mejor hay alguna solución intermedia. He leído hace poco sobre un grupo de investigación en Burgos, en la sierra de la Demanda. Están encontrando un montón de instrumentos líticos, algunos de 900 000 años de antigüedad… ¡Es tan increíble que me suena a ciencia ficción! Llevan un tiempo excavando un lugar que llaman la Sima de los Huesos. Parece que quedó al descubierto por unas obras que hicieron a finales del siglo XIX para el ferrocarril (un tren que circuló poquísimo tiempo). Hay un investigador muy joven, Juan Luis Arsuaga, que piensa que antes o después encontrarán los restos de los homínidos que hicieron esas herramientas. Y eso es en Burgos. A mi madre no le daría el patatús si le digo que me voy a excavar a Burgos. No es lo mismo que irse a Kenia.

La verdad es que cuanto más leo sobre el origen del hombre, más me fascina. Y queda tanto por descubrir…

Me impresionó mucho una historia que leí sobre la falsificación de un fósil de homínido que dice mucho sobre el orgullo británico y sobre hasta dónde estaban dispuestos a llegar algunos para defenderlo. ¿Cónoces la historia del cráneo de Piltdown?

Te cuento. El primer fósil de un homínido temprano había aparecido a mediados del siglo XIX en el valle de Neander, en Alemania. Ya sabes, el primer Neandertal. Irritante que los primeros europeos fueran alemanes. Para los británicos, quiero decir… Luego aparece otro resto mucho más antiguo, el hombre de Java… En Indonesia. Un insulto para el Imperio británico. Más restos en Alemania, el hombre de Heidelberg. Intolerable…

Y entonces, en 1912, llega la gran noticia. Charles Dawson, un abogado aficionado a la arqueología, ha hecho un gran descubrimiento en Piltdown, Inglaterra. Ha encontrado un cráneo completo de un homínido. Pero no un homínido de cabeza pequeña como el de Java, es decir, poco inteligente…

No, no. Este tiene un pedazo de cráneo comparable al de un humano actual… Y una mandíbula totalmente simiesca. Se publica en todos los periódicos a bombo y platillo. ¡El hombre de Piltdown es el eslabón perdido! ¡El primer británico de la historia… o de la Prehistoria! Y, por supuesto, con una inteligencia preclara, aunque tuviese cara de orangután.

¿Demasiado bonito para ser verdad? Resultó que sí. Hubo gente que desconfió desde el primer momento, pero hasta 1953 no se autorizó un nuevo examen del fósil con métodos modernos. La conclusión fue devastadora. Todo había sido una falsificación de lo más burda. Un cráneo humano de hacía algunos miles de años y una mandíbula de un orangután moderno teñida para que pareciera antigua. La revista ***Nature*** publicó el fraude en 1953. Imagínate la sensación de ridículo para todos los que habían creído en la autenticidad del fósil…

¿Te has fijado en que, de todos los antropólogos que he citado, solo una era mujer? Pero los tiempos están cambiando. Yo podría ser la Mary Leakey española. En Kenia o en Burgos, me da igual.

Bueno, ¿y tú? Estás en el Departamento de Morfología Microscópica, disfrutando de esas cosas maravillosas que ves a través de tus objetivos y que tan bien describías en tu carta (al final, dentro de cada biólogo comprometido con su campo de estudio hay un poeta, estoy segura). ¿Sabes ya sobre qué vas a hacer el doctorado? ¿Te han propuesto algo?

Esta carta no tiene experiencias vitales interesantes como las que te conté en otras, pero es lo que habías pedido… Eso no significa que no me pasen cosas, ¿eh? Pili y yo nos hemos hecho amigas de unos ***mature students*** que viven en nuestro mismo edificio (ya me cambié de casa). Se llaman Gary y Jonathan. Jonathan tiene 26 años y era golfista profesional, pero tuvo un bloqueo psicológico y ha decidido ponerse a estudiar otra vez. Gary era panadero y quiere hacerse maestro. Está divorciado y tiene dos hijos. Algunos fines de semana vienen a verlo. Una cosa buena aquí en Reino Unido es que hay muchas oportunidades para que la gente se reenganche a los estudios en cualquier momento de su vida.

Son majos, nos invitan a la bolera y a tomar medias pintas en el pub de la universidad. A mí me gusta bastante Jonathan, es rubio, con los ojos azules, muy escocés. Pero, por desgracia, yo le gusto a Gary, y son amigos, lo que significa que Jonathan y yo no tenemos ningún futuro juntos.

Bueno, por lo menos me ha enseñado lo que es el *swing* al lanzar en el campo de minigolf de la universidad. Creo que es un deporte que podría llegar a gustarme.

Todo esto te cuento. Si al final voy a León en Navidad, te llamo, pero creo que no voy a ir.

Cuídate. Besos,

Laura

Cuando la Luna era más grande y los días más cortos

León, Navidad 1991

Bueno, así que al final no has venido. Te hemos echado de menos en la fiesta de final de trimestre. Sobre todo, porque no has contribuido a la venta de participaciones de lotería y cajas de polvorones que te correspondía proporcionalmente para financiar el viaje de fin de curso a Estambul. Yo tampoco, no pienses mal de mí. Un viaje en grupo con Casielles *and Company...* Como que no me seduce mucho. Bueno, ningún viaje en grupo. Soy más de andar a mi aire. Ya sabes, en plan James Stewart en una del oeste, de las que ponían siempre los sábados por la tarde cuando éramos pequeños.

La fiesta no estuvo mal, pero claro, no había nadie que bailase como si sus huesos de repente hubiesen dejado de ser rígidos para volverse tejido conectivo de algún tipo nunca estudiado antes… No miro a nadie… Girando la cabeza como si quisiera poner a prueba el laberinto del oído interno y su capacidad para mantener el equilibrio… No miro a nadie… Bueno, habría mirado si hubieses estado aquí… Como todo el mundo… Nena, que en León no se baila así. ¿Tú te crees que estás en California?

Por cierto, nunca me contaste qué pasó al final con aquel ligue californiano tuyo, el que te hacía hablar como en una película… ¿Final feliz? No sé si son de California, creo que no, pero Julio me pasó hace poco un disco de una banda que suena rara y bien, con guitarras distorsionadas, no sé decirte, una mezcla de *punk* y *heavy* y *new wave* que no es ninguna de las tres cosas, muy crudo todo… Se llaman Nirvana. ¿Los has oído? Seguro que en los *pubs* escoceses los ponen. Aquí, ya sabes, con un poco de suerte a las tantas te pueden poner alguna de Morrisey en La Hila…

O sea, que te quieres hacer exploradora prehistórica y marcharte a vivir aventuras al corazón de África, aunque para ello tengas que pelar patatas en McDonalds, cuando podrías quedarte cómodamente viviendo en casa de tu madre mientras te sacas el doctorado en Micro con una beca. Pues déjame decirte, corazón, que no tienes los pies en la tierra y que idealizas las cosas que no conoces. ¿Tú qué te crees, que ser paleoantropóloga es encontrar una Lucy todos los días? No, hija. Son años de piedras y polvo sin encontrar nada que merezca la pena. ¿Más interesante porque estás en África y hay leones y mosquitos *Anopheles* que te pueden contagiar la malaria? No te veo en eso, lo siento. Te lo digo porque pienso bien de ti y me daría pena que tirases una oportunidad como la que te están ofreciendo por la borda, una oportunidad por la que muchos mataríamos (me incluyo). Y lo de Burgos… Yo qué sé, tía, ¿y si todo es un *bluff*? Y encima, ni siquiera habrás vivido la gran aventura africana. Te quedarás atrapada en Burgos, donde hacen la morcilla con arroz (sin comentarios) y te casarás con un burgalés y terminarás diciendo que «la catedral de León no es tan bonita». Jeje, es broma, sé que ni bajo tortura te harían decir eso. Pero bueno, ahora otra vez en serio… Piensa bien lo de Microbiología antes de decir que no. Tienes una visión demasiado romántica de la investigación. Como si todo tuviesen que ser grandes descubrimientos. Claro, una bacteria no es nada comparado con un homínido…

Con esa manera de ver la ciencia, estaríamos todavía en las cavernas (y tú tan contenta, así podrías estudiar a tus amigos neandertales de primera mano).

Dicho esto, no creas que no te entiendo. A mí también la evolución es lo que más me flipa. Aunque tiro más a los orígenes. ¿Qué fue antes, el huevo o la gallina? O, dicho de otro modo…, ¿el ADN o el metabolismo? Difícil cuestión… El metabolismo, parece claro, pero ¿cómo diablos surgió la relación entre la estructura de las proteínas y el código genético? Es el mayor de los misterios. Creo que una de las cosas que me hizo enamorarme de la ciencia fue cuando un agustino nos contó en tercero de BUP lo del experimento de Miller para reproducir las condiciones de la atmósfera primitiva, ¿cómo?, haciendo pasar descargas eléctricas que simulaban rayos por un matraz con una mezcla de metano, amoníaco, nitrógeno y agua, consiguió que se formaran aminoácidos, monosacáridos y hasta nucleótidos, creo… Imagínate, ¡nos lo contó un agustino! Era como estar diciéndonos que los ladrillos de la vida habrían podido formarse de una manera natural, sin intervención divina. Ya sé que luego se ha visto que la atmósfera primitiva no podía ser así, que no había tanto metano y sí mucho CO2, y claro, ahí la cosa ya no sale tan fácil, pero, de todas formas, da vértigo pensarlo, ¿verdad? Que todo pudo surgir de un modo natural, por las leyes de la física, por reacciones químicas concretas en un entorno determinado...

Me acuerdo de aquel día, en primero, cuando te pusiste a defender delante de toda la clase que la ciencia no excluía la idea de Dios. Muchos te tomaron por una beata o algo así. Yo sabía que argumentabas por incordiar, porque no te gustaba la prepotencia de los que creían que la ciencia es lo único que vale la pena, y que perfectamente podías haber asumido el bando contrario, porque ya me habías comentado una vez que te consideras atea. Joder, yo ese día te admiré. No por tus argumentos, que me sonaron bastante endebles, sino por los ovarios que le echaste, con lo tímida que eres en el fondo, pero ahí estabas, como una Juana de Arco del deísmo, defendiendo a Dios sin creer en él, solo para demostrar que lo más importante en la ciencia es pensar, hacerse las preguntas correctas, no dar nada por sentado. Sí. Ese día pensé... esta es la chica de mis sueños... O, más bien... ¡¡de mis pesadillas!! (Jeje, pensabas que te iba a decir algo agradable... No es mi estilo, amiga). Cuánta pasión desperdiciada... por tu parte, quiero decir. Que me lío. A lo que voy, que tú toda emocionada allí queriendo hacer que la gente opinase y argumentase y todos mirándote con cara de pasmo o de risa o de escándalo (qué mal gusto, por favor, hablar de estos temas). Incluido yo, que te miraba con una mezcla de las tres cosas y algo más que no me detendré a analizar.

Pero lo que te decía, yo te entiendo, a mí lo de la evolución también me hace estremecerme o morirme de emoción o ponle la exageración que quieras. De pequeño, para la primera comunión, una tía mía me regaló un libro que se titulaba *Viaje a los orígenes de la Tierra.* Todavía lo conservo. Los protagonistas son un niño y una niña que, no sé por qué, van viajando por todas las etapas de la geología. Los dibujos son como psicodélicos… ¿Te acuerdas de los que hacía aquel Juan Ramón los sábados en el programa de *Dabadabadá?* Pues algo de ese estilo. Total, los niños veían formarse el Sol y los planetas. Veían la explosión cámbrica, cómo los océanos se llenaban de repente de esponjas, estrellas de mar, gusanos, trilobites… ¡y peces! Luego, los primeros organismos terrestres. Bosques de helechos… libélulas gigantes… y, por fin, los dinosaurios. En ese libro no hablaban del meteorito que cayó en el golfo de México y provocó su extinción. A lo mejor esa teoría todavía no se había formulado.

A mí aquel libro me flipaba. Los trilobites con aquella especie de bigotes nadadores, y los amonites, como calamares en sus conchas espirales… Pero lo que más me gustaba era que, en algún sitio, el libro decía que, al principio, la Luna estaba mucho más cerca que ahora y los días eran más cortos. La cabeza me estallaba de placer al leer aquello. ¿Te imaginas? ¿Días más cortos? ¿Cómo de cortos, te estarás preguntando? Bueno, listilla, como ya me imaginaba que esto te iba a interesar, he hecho una pequeña investigación y estas son las conclusiones.

Hace unos 4500 millones de años, un cuerpo del tamaño de Marte chocó con la Tierra. De los escombros de aquel gran impacto se formó la Luna. No sabemos a qué velocidad giraba la Tierra sobre su eje justo antes de la colisión. Justo después, hay quien dice que probablemente la Tierra tardaba diez horas en dar la vuelta sobre sí misma. Días de diez horas. ¿Te imaginas? Hace 3800 millones de años, la Tierra ya se habría frenado un poco por las fuerzas de marea, estaríamos hablando de días de unas catorce horas. Y hace mil millones de años, de unas veinte horas. El proceso de frenado no ha acabado todavía. Poco a poco, los días se van haciendo más largos.

¿Y qué me dices de los meses lunares? Justo después de la formación de la Luna, esta tardaba unos diez días en completar su ciclo. Meses de diez días. Imagínate lo diferente que era todo. Y la Luna, gigantesca en el cielo…

Para que no digas que nunca hago nada por ti, de regalo de Navidad te voy a contar un cuento sobre esa Luna enorme y esos días cortísimos. Aquí va:

Imagínate esto. Estás de pie al borde de un acantilado que se eleva sobre un océano primitivo, bañado en la luz plateada de la luna. Pero esta no es la luna familiar que conocemos. Es más grande, mucho más grande, llena el cielo con su majestuosidad. Parece tan cercana que podrías tender la mano y tocar su superficie rocosa y polvorienta. Su tamaño aparente es cerca de cinco veces el tamaño que vemos hoy en día.

El paisaje a tu alrededor se desvanece en la luz lunar, todo son siluetas y sombras. El mar está en calma ahora, pero sabes que no durará. El rugido lejano te avisa de lo que está por venir. Los océanos de la Tierra están en constante cambio debido a las fuerzas de marea de la Luna cercana. Mareas que no son los suaves ascensos y descensos que conocemos hoy, sino marejadas furiosas que inundan la tierra antes de retroceder con igual rapidez.

El sonido de las olas se hace más fuerte, el mar se agita. Ves cómo la marea comienza a subir, avanzando por la playa a una velocidad que nunca habrías imaginado. Observas, con una mezcla de asombro y miedo, cómo el mundo cambia ante tus ojos. Más que un marea, parece un tsunami. Y de pronto…

… Y de pronto, una figura se materializa en el resplandor lunar. Con una chaqueta de cuero raída y sombrero Fedora al estilo de Indiana Jones, pero empuñando un sable de luz en lugar de un látigo. Su nombre, Emilio *Indy* Skywalker, el famoso antropólogo espacial y aventurero a tiempo parcial.

Él también ha estado observando la escena, pero desde el asiento delantero de su DeLorean volador, porque por supuesto, este universo es lo suficientemente salvaje como para permitir la existencia simultánea de *Star Wars, Indiana Jones* y *Regreso al futuro.*

«Sal de ahí, muchacha!», te grita sobre el rugido de las olas y el zumbido de su sable de luz. «Ahí no encontrarás ningún fósil de *Australopithecus afarensis*». Sus palabras te sorprenden. No tienes idea de cómo se ha enterado de lo que estás buscando, pero confías ciegamente en él y sigues su consejo.

Echas a correr, y justo cuando el tsunami está a punto de engullirte, un feroz rugido llena el aire. Te giras y te encuentras con KITT , el coche fantástico, apareciendo desde la nada, con los faros encendidos y la puerta abierta para ti. Saltas dentro justo a tiempo. Las olas rompen furiosas contra la puerta del coche que se acaba de cerrar.

—Por los pelos, Laura —dice KITT con su serena y seductora voz de coche mientras remonta el vuelo—. ¿Lista para comenzar tu nueva vida?

Entonces descubres que, por dentro, KITT está lleno de microscopios, placas de Petri y matraces de líquidos burbujeantes de colores intensos. La voz familiar de KITT resuena en la cabina: «Parece que tu destino no era la antropología, sino algo más pequeño… infinitamente más pequeño».

En ese instante comprendes que Emilio *Indy* Skywalker tenía razón. En realidad nunca has querido buscar huesos en la sabana africana. Tu verdadera vocación es explorar el reino de lo minúsculo, donde la vida y la muerte se juegan en la punta de una aguja. Y dejas que KITT te lleve bajo la luna gigante al Arca de cultivos 007 del Departamento de Micro, la única arca perdida que, de ahora en adelante, te hará vibrar de entusiasmo y excitación.

Bueno, puede que la literatura no sea lo mío, pero me he esforzado, tienes que reconocerlo. Es un buen regalo de Navidad. Y todo para que nuestra niña no se nos quede en esas frías e inhóspitas islas británicas soñando con el calor de África y con que Robert Redford aparece en el campamento de estudiantes agotados y frustrados con una vieja gramola y un disco de Mozart. Que sé que te gusta *Memorias de África*… Y a mí también, lo confieso.

Pero nunca, nunca, ni bajo tortura, confesaré que soy un romántico.

Aunque…, ¿sabes cuál ha sido la banda sonora de esta carta, la canción que he estado escuchando en bucle todo el tiempo mientras te escribía? *Aviones plateados*…

No saques conclusiones. Me gusta esa canción. Nadie puede afirmar que esa canción sea romántica. ¿A que no?

Feliz Navidad, y feliz 1992. Será mejor que este año que se termina, ya verás.

Si vuelves, será mucho mejor.

Un beso,

Emilio

Capítulo 7

Al final, Emma se decidió a hacer el directo de la tortilla para no decepcionar a su abuela, y salió bastante bien. Le llovieron los *likes*, aunque también tuvo que leer unos cuantos comentarios burlones del tipo de «Ehh..., ¿qué te está pasando? Tu *content* tenía algo, tenía *edge*... Y ahora haces tortillas de patatas».

En el fondo, Emma pensaba que aquellas críticas tenían razón. El vídeo con su abuela había quedado entrañable, pero ¿qué aportaba realmente a su línea de contenido? Se había esforzado mucho para crear un estilo reconocible en los primeros diez segundos de sus vídeos, una mezcla de humor y consejos aspiracionales basados en la ciencia que la gente valoraba. Sus directos desde Boñar no desentonaban demasiado en ese enfoque general, pero había algo en ellos que los seguidores más fieles encontraban desconcertante. Normalmente, Emma no solía recurrir tanto a la improvisación. Estudiaba la forma de que, por largo que fuera un directo, no hubiese tiempos muertos, zonas aburridas o rellenas de cháchara vacía para que no se notase que no estaba pasando nada. En el vídeo del paseo hasta el puente romano y en el de la tortilla con su abuela, había confiado en que los minutos se rellenaran solos, porque no dejarían de ocurrir cosas. Pero solo le había salido bien a medias.

Emma se conocía lo suficiente para saber que esto había pasado porque no estaba en su mejor forma. Con unos directos de menos de una hora, bastaba un poco de ingenio en los tiempos muertos para salir bien parada. El problema era que el ingenio le había fallado. Había estado torpe, predecible, incluso había sonado un pelín falsa. No le hacía falta repasar los vídeos para comprobarlo, era consciente de lo que había salido mal. Tan consciente que hasta se le quitaron las ganas de comerse la tortilla que había protagonizado la emisión. Su abuela no entendía nada.

—Pero si a ti te encanta y ha salido buenísima —repetía—. ¿Se te han quitado el hambre por los nervios? Pues yo no estoy nada nerviosa, fíjate. Y eso que no tengo experiencia. Si es que la verdad es que yo habría valido para actriz...

Emma se obligó a comer un pequeño triángulo de tortilla para aplacar a su abuela. Después, dijo que tenía que contestar comentarios y se refugió en la habitación, a pesar del ceño fruncido y la mirada de reproche que le dedicó Elvira.

A los comentarios del directo no les dedicó más de un cuarto de hora. No tenía ganas de contestar. La verdad era que no tenía ganas de nada.

«No quiero pasarme la vida haciendo esto», dijo en voz alta.

Abrió WhatsApp. Esperaba que hubiese algún mensaje de Andrés, pero no había ninguno. Se sintió frustrada e incluso un poco irritada. Andrés era quien había empezado todo aquello... Y ahora, ella no podía quitarse la historia de la cabeza. Las cartas, aquellas cartas extrañas entre su madre y un desconocido a quien, sin embargo, ya empezaba a conocer bastante a través de lo que decía en aquellos renglones escritos con bolígrafo verde. ¿Qué tenían que ver con su vida? ¿Por qué se había apoderado de ella la sensación de que estaban agrietando sus planes, sus ideas sobre lo que iba a hacer con su futuro?

Sin pensarlo mucho, le envió un mensaje a Andrés.

Te debo una cena.

Casi inmediatamente, el chico apareció en línea.

Aviones plateados. Sí, acerté.

¿No tienes la sensación de que
esas cartas, de alguna manera extraña,
las escribieron para nosotros?

Un poco sí.

En esas cartas hay algo que envidio.

Quiero decir, son muy jóvenes.
Están bastante perdidos y tal.

Pero saben muy bien las cosas que les gustan.

Tú también lo sabes.
Los mangas.

El doble click se tiñó de azul enseguida. Andrés había leído el mensaje y seguía en línea, pero tardó unos cuantos segundos en ponerse a escribir la respuesta.

No estoy tan seguro.

Ni tú tampoco.

Emma tecleó: «No es verdad». Pero lo borró sin llegar a enviarlo y escribió en su lugar:

¿Te llamo?

Andrés contestó con un pulgar hacia arriba. Emma buscó su número en la agenda y le llamó.

—Hola —contestó Andrés—. He visto un rato tu directo. Muy guay. Casi me han entrado ganas de hacer una tortilla de patata. Carlota ha dicho que mañana hace una.

Emma soltó una risa un poco forzada.

—Tenía que haber lanzado al final algo así como «el reto de la tortilla» —dijo—. Nada, solo te llamaba a ver qué te han parecido las dos últimas cartas.

—No sé. Nada nuevo, ¿no? En la línea de las otras.

—No sabía que mi madre había querido estudiar Paleoantropología. Siempre le ha gustado mucho todo el tema de las especies de homínidos extinguidas. Una vez fuimos a Atapuerca y se emocionó hasta llorar. Pero también se emociona viendo un cuadro, o en un concierto…

—No me ha gustado mucho la respuesta de mi padre. Lo del cuento ese… Es gracioso y tal, pero en el fondo le está diciendo que no haga lo que quiere hacer, que sea una cobarde. En lugar de animarla, la desanima.

—Ya. Está claro que él prefería que volviese a León.

—Sí, está clarísimo —coincidió Andrés.

—Pero él seguía teniendo novia —observó Emma.

—Nunca he entendido la relación de mi padre con las mujeres —contestó Andrés—. Su pareja de ahora, por ejemplo, Natalia... Es que no tienen nada que ver. No les gustan las mismas cosas. ¡No coinciden en nada! Se tratan con cortesía, pero... siempre hay de fondo... como un desprecio. Creo que se aburren uno a otro. Con mi madre ahora tiene buena relación, pero, por lo visto, cuando estaban juntos se peleaban muchísimo. Mi madre dice que respiró cuando por fin se divorciaron. Ella es muy tranquila, y su pareja de ahora, igual. Es profe de Matemáticas como ella, y le encantan los videojuegos. Parece un niño grande. Mi madre es más feliz que una perdiz. Vaya rollo que te estoy soltando...

—No, qué va. Te agradezco la confianza. Mis padres se llevan bien. Pero me da pena pensar en ese entusiasmo que tenía mi madre por la ciencia... en que eso ha desaparecido del todo. Ha muerto. Es como si la Laura de aquel tiempo estuviese muerta.

—Eso suena muy duro —observó Andrés impresionado.

—Ya. Oye, la mitad de las cosas del cuento de tu padre no las entiendo. ¿Qué era el DeLorean? ¿Y ese coche que se llamaba KITT?

—Por favor, el DeLorean es el coche de *Regreso al futuro*. ¿No has visto esa peli de los ochenta? Es mítica. Es un coche-máquina del tiempo. Y el otro, KITT, pues era el protagonista de una serie que se llamaba *El coche fantástico*. Y era... lo que dice en la carta, un coche inteligente, que hablaba, que tomaba decisiones. Bueno, ¡como cualquier coche de ahora!

Rieron de nuevo.

—¿Ya sabes a qué hora llegas mañana? —preguntó Andrés—. Hay un tren a las nueve, pero igual no quieres madrugar tanto.

—Casi mejor lo dejo para pasado mañana. Lo del directo de la tortilla, aunque te parezca una tontería, me ha dejado agotada.

—Ya... Es que cocinar delante de millones de personas... tiene que estresar.

Emma, esta vez, no rió. Al contrario: notó en los ojos el picor de las lágrimas.

—Me siento imbécil —dijo—. Tanto esfuerzo para hacer una tortilla en directo. Y mientras, miles de personas haciendo cosas que importan de verdad, como curar el cáncer o el Alzheimer, y nadie sabe siquiera que existen.

—Bueno, son cosas distintas. Tú no haces daño a nadie. No es como si, por tu culpa, alguien no pudiese investigar el cáncer.

—No sé. A lo mejor sí es así —le contradijo Emma—. Piensa en el dinero de los patrocinadores. ¿Por qué me lo dan a mí en lugar de dárselo, por ejemplo, a una institución científica?

—Siempre puedes donarlo tú. A ti el dinero no te hace falta. Tus padres tienen de sobra.

Era verdad, pero, por alguna razón, a Emma le molestó que Andrés lo dijera.

—No se trata de eso —replicó irritada—. El dinero de mis padres es de mis padres, no mío. Y yo quiero ser independiente.

—Para estudiar Medicina.

—Sí, por ejemplo. Bueno, no. No sé. Las cartas me están haciendo replantearme algunas cosas. La verdad es que a mí lo que me gusta es la investigación. No tendría por qué ser Medicina concretamente...

—¡Pues eso es todo un cambio! Yo también me estoy replanteando cosas...

Andrés se interrumpió, porque había empezado a sonar insistentemente el pitido de una llamada entrante.

—Es mi madre —dijo Emma—. Si no te importa, lo voy a coger. Mañana te escribo para concretar lo de León.

—Vale. Chao…

Emma se apresuró a colgar para coger la llamada de su madre, que había dejado en espera.

—Hola, mamá. Perdona, estaba hablando…

—¿Con tu mánager?

—No. Con un amigo. El hijo de tu compañero Emilio.

—Ah. Bueno.

Emma aguardó a que su madre añadiese algo, pero aquella información parecía haberla dejando muda.

—¿Has visto el directo? —le preguntó por fin.

—Un poco. No sé, Emma, lo de sacar a la abuela…

—Ella está encantada —replicó Emma, a la defensiva—. Dice que tenía que haber sido actriz…

Su madre soltó una carcajada.

—Muy propio de ella.

Nuevo silencio. Emma estaba empezando a preocuparse.

—¿Pasa algo, mamá?

—No… He leído las cartas.

—¿Y?

—Se me hace muy raro. Son cosas en las que no pensaba desde hace mucho tiempo. Es como si me hubiesen pasado en otra vida.

—¿Te resulta incómodo?

—No sé. Digo que parece que le ocurrieron a otra, pero hay una parte que todavía duele. Todo lo del máster de Londres. Se me había olvidado lo ilusionada que estuve, los planes que hice. Pero a la hora de la verdad me faltó valor. Mi problema de siempre.

—¿Te arrepientes?

Laura se lo pensó un momento antes de contestar.

—Arrepentirme, no. Los pasos que di me han llevado a la vida que tengo, y la vida que tengo me gusta. Imagínate... ¡Tú no existirías si me hubiese ido a excavar a Olduvai! No habría conocido a tu padre...

—¡A lo mejor habrías terminado con Emilio!

—No digas bobadas.

Nuevo silencio.

—Es bonito ver cómo os apasionaba la ciencia. Lo vivíais —dijo Emma—. No sé, yo comparo y me siento un poco mal, porque es como si a mí me faltase eso, ¿sabes? Esa curiosidad... Ese entusiasmo... Yo no soy así.

—Mira, hija, te voy a decir algo que a lo mejor no te ha explicado nunca nadie. La curiosidad, el entusiasmo, el amor a la belleza... eso no es algo que venga de serie. No es como tener los ojos verdes o grises. Puedes tener una cierta predisposición hacia ello. Pero el entusiasmo se aprende. Se aprende observando, dejando de estar pendiente todo el tiempo de ti misma, prisionera en tu película... ¿Me entiendes? Cuando eres adolescente, vives así. Nos ha pasado a todos. El mundo es un gran plató y tú eres la estrella protagonista. Los demás son figurantes. Lo que hay fuera, ni lo ves. No existe para ti. Luego vas madurando, llegas a la universidad... y descubres el mundo. No solo porque estés estudiando cosas interesantes o porque sales de la casa de tus padres... No es eso solo. Es porque tu córtex prefrontal madura y, de repente, dejas de vivir rodeada de espejos. Empiezas a interesarte por lo que hay a tu alrededor. Empiezas a descubrir la realidad. Para nosotros, ocurrió con la ciencia. A otros les ocurre con el arte, con la historia... O, simplemente, con la vida.

—Pero tú ya tenías esa curiosidad anterior. Cuando elegiste Biología... No pensaste: quiero este trabajo porque está bien pagado o porque tiene prestigio. Pensaste... yo lo que quiero es entender el universo.

—Bueno. Sí. Eran tiempos tan duros que no pensabas mucho en el futuro, por lo menos yo, porque estaba convencida de que... no tenía futuro. Así que te centrabas en el presente, en lo que querías en ese momento. Y sí, lo que yo quería era aprender.

—Ya.

Callaron de nuevo, cada una enfrascada en sus pensamientos.

—Tú nunca habrías estudiado Medicina, ¿verdad, mamá? —preguntó Emma por fin.

—No. No me gustaban los cadáveres.

—No te interesaba el prestigio.

—Emma... Tienes derecho a ver las cosas a tu manera. Yo no fui modelo de nada. Ya ves cómo he terminado, trabajando en algo que ni siquiera me habría imaginado a tu edad.

—¡En tu propia empresa!

—Sí. Pero no es mérito mío. Si te gusta Medicina, tienes derecho a...

—No estoy segura de que me guste tanto.

—¿Cómo?

En la voz de Laura había auténtica sorpresa.

—Quiero decir que... Lo que me gusta es la investigación. Y leyendo vuestras cartas, me he dado cuenta de que... a lo mejor no me he parado lo suficiente a pensar las cosas.

—Entiendo. Oye, Emma. Estaba pensando una cosa. Voy a dejarlo todo organizado por aquí y mañana a mediodía me voy a Boñar. Me apetece estar contigo. Todo esto a mí me está removiendo mucho. Es como volver a la adolescencia. Y tú estás por el medio... Y el hijo de Emilio... No sé. Quiero estar contigo y con la abuela. ¿Te parece bien?

Emma sonrió. ¿Por qué, de repente, sentía aquella descarga de alivio?

—Me parece fenomenal, mamá. La verdad es que necesito hablar contigo. Hay muchas cosas sobre las que necesito hablar.

Capítulo 8

Laura llegó a Boñar a mediodía. Había salido de Madrid a primera hora de la mañana, pero se había detenido un rato a medio camino para visitar a su amiga Pili, la compañera que hizo el Erasmus con ella. Pili era jefa de estudios en un instituto rural cerca de Valladolid. Laura aprovechaba todas las ocasiones que se le presentaban para verla. Confiaba mucho en su antigua compañera.

—¿Sabes por qué somos tan amigas? —Le explicó a Emma una vez—. Porque ella siempre me dijo la verdad. No era complaciente conmigo. No me veía frágil ni demasiado joven o inexperta, a pesar de que tenía un año menos que el resto, ya sabes que siempre fui adelantada de curso. Bueno, Pili lo notaba, pero eso no le hacía subestimarme. Era sincera: para lo bueno y para lo malo. Y yo siempre lo interpreté como una prueba de respeto.

—Pero tú siempre dices que la mayor parte de la gente confunde la sinceridad con la mala educación…

—Eso es otra cosa. Decirle a alguien que está horrible cuando no viene a cuento o cuando no tiene solución es simplemente descortesía o mala fe, no es sinceridad. Sinceridad es no mentir cuando alguien te pide opinión. Yo me refiero a eso.

La abuela se había puesto un poco nerviosa con la llegada de su hija. Le pasaba mucho en los últimos tiempos. A pesar de las ganas que tenía de verla, necesitaba tiempo para amoldarse a los cambios. Los imprevistos le provocaban ansiedad.

Se pasó toda la mañana dando órdenes contradictorias a Elvira: «Pon las sábanas azules nuevas en el cuarto de invitados». «No, mejor que duerma en mi cuarto y yo me paso al de mi hijo Óscar». «Emma, a lo mejor tú podrías compartir el cuarto con tu madre…».

Elvira y Emma intentaron calmarla.

—Abuela, hay habitaciones de sobra, y las dos preferimos tener un cuarto individual. Lo mejor es que Elvira le prepare la habitación de invitados —opinó Emma—. A ella siempre le han gustado las vistas de ese cuarto más que las de ninguno.

—Sí, pero es el más frío, porque da al norte…

—Estamos en verano, señora, y hace un tiempo buenísimo —zanjó Elvira—. El cuarto de invitados será.

Con la comida también tuvieron que poner un poco de cordura. Esther se había empeñado en hacer croquetas caseras, pero no tenía los ingredientes. Además, según le contó Elvira a Emma sin que lo oyera la abuela, sus últimos intentos de hacer croquetas no habían sido muy exitosos. Se empeñaba en que nadie la ayudase, pero no se acordaba bien de las cantidades de cada ingrediente y le quedaban o muy pastosas o muy líquidas…

—Que haga Elvira uno de sus arroces —propuso Emma—. A mamá le gustan mucho los arroces de Elvira.

—No creo que le gusten más que los míos —replicó la abuela, picada.

—No le gustan más, pero como ella hace la receta suya, Esther, pues está más acostumbrada, y los míos son un cambio —argumentó Elvira con paciencia.

Total, que se decidieron por el arroz con pollo y verduras de Elvira.

En la comida, la que más habló fue la abuela. Le dio por rescatar historias de cuando Laura era pequeña. Tenían su gracia, pero su hija no salía muy bien parada en casi ninguna de ellas. O bien había roto algo, o bien había tenido miedo de algún animal insignificante, o había demostrado lo mucho que dependía de su madre... Laura escuchaba con una sonrisa ausente y apenas replicaba. Estaba acostumbrada a que su madre siguiese tratándola como cuando era niña.

Después de comer, quiso irse a dormir la siesta un rato para reponerse del viaje. Hacia las seis, golpeó con los nudillos la puerta de Emma. Ella estaba leyendo. Le dijo que pasara.

—¿Estás muy ocupada? —preguntó Laura casi con timidez.

—No... He pensado que no voy a hacer ningún directo más por ahora. Tengo que pensar un poco las cosas. No sé muy bien por dónde tirar.

—Bueno... No todos los que andan errantes están perdidos —dijo Laura sonriendo.

Emma le echó los brazos al cuello. Le encantaba tener una madre que era capaz de quitarle de encima la culpabilidad que sentía con una cita de *El señor de los anillos.*

—¿Qué habías pensado hacer? —preguntó.

—Pues había pensado que, si quieres, podemos acercarnos con el coche al pinar de Adrados. Ya lo conoces, está aquí mismo. Me apetece dar un buen paseo campestre. Por mí, intentaría ir hasta el pinar de Lillo, que es mi preferido.

Pero me parece que ahora hace falta un permiso especial para entrar. Así que, ¿Adrados?

—Vale. Me pongo las zapatillas y vamos.

El trayecto en coche era de apenas un cuarto de hora. No hablaron mucho.

—¿Qué dijo papá cuando le contaste que te venías? —preguntó Emma cuando ya habían dejado atrás las últimas casas del pueblo.

—Nada. Le pareció bien.

Emma esperó a ver si su madre añadía algo, pero no lo hizo. Tenía la vista fija en las curvas de la estrecha carretera.

—¿Le has contado lo de las cartas? —preguntó.

Laura le lanzó una rápida mirada de reojo antes de volver a concentrarse en el asfalto.

—Claro. No pensarás que, a estas alturas, le va a importar eso…

—Ya, yo qué sé. Los mayores sois raros.

—Le ha parecido curioso. Normal.

—¿Las ha leído?

Otra mirada breve de Laura.

—No, eso no. No me apetece que las lea. Que las leáis los hijos… No sé, ha ocurrido así, me parece que hasta puede ser bueno. Es una forma de nos veáis de otra forma. Como los críos que fuimos. Pensáis que nacimos padres.

—Qué exagerada.

Laura tomó el desvío a la derecha que se internaba en el pinar. A partir de ahí, el firme de la carretera estaba muy estropeado y los carriles eran cada vez más estrechos.

—Además, son cartas de dos amigos. Si hubieseis sido novios o algo así…

—No, no lo fuimos —contestó Laura.

Algo en su tono intrigó a Emma. No se atrevió a preguntar.

—He estado intentando recordar —dijo Laura mientras buscaba entre los troncos un lugar amplio para aparcar el coche—. Aquí puede estar bien. —Comenzó la maniobra para estacionar entre dos árboles—. No recuerdo exactamente cuántas cartas fueron…

—Solo quedan dos. Una la tengo yo y otra Andrés.

Laura se concentró en dar marcha atrás y luego adelante para encajar bien el vehículo en el centro del hueco. Apagó el motor y se quedó mirando los pinos que tenían delante con expresión seria.

—No, Andrés tiene que tener dos —dijo—. La última carta la escribí yo. Emilio no me contestó.

Laura abrió la puerta y salió del coche antes de que a Emma le diese tiempo a reaccionar. Sin esperarla, su madre se dirigió con pasos rápidos y la vista en el suelo hacia un estrecho sendero entre los pinos. Emma la siguió. Tuvo que correr un poco para alcanzarla.

—¿Os enfadasteis? ¿Qué le decías en la carta?

Laura siguió caminando un rato en silencio. Era como si, por algún motivo, le hubiese entrado mucha prisa.

—Yo estaba muy perdida en esa época —dijo por fin—. Supongo que confundí las cosas. No sé. No sé si quiero hablar de esto contigo. Nunca lo he comentado con nadie. ¿Andrés no te ha dicho nada?

—No ha leído las cartas enteras, las vamos leyendo a la vez cuando nos las enviamos. El juego lo empezaste tú.

—Ya. A ver, si te digo la verdad, tengo una idea muy nebulosa de lo que decía en esa carta. No sé cómo explicarte. La experiencia de Stirling fue maravillosa, fue un aprendizaje increíble, pero a veces me sentía muy sola.

—Mamá..., ¿qué decías en esa carta? —Esta vez, la voz de Emma sonó alarmada.

—¿Dices que Andrés solo conserva una? Será la penúltima que escribí, la noche de mi cumpleaños. ¿Puedes preguntarle la fecha de la carta por WhatsApp?

—No sé si aquí hay cobertura...

Emma sacó el móvil y comprobó que había cobertura suficiente para enviar un *wasap*. Tecleó la pregunta que había formulado Laura. Después, se guardó el móvil en el bolsillo. Su madre la había adelantado otra vez. Aceleró el paso para ponerse a su altura.

—Oye, si todo esto te hace sentir mal, le digo a Andrés que paremos y ya está. Solo quedan dos cartas... Hemos quedado en mandarlas esta noche, pero puedo avisarle y lo dejamos. De, verdad, mamá, si te molesta...

—No me molesta. Me siento un poco tonta, pero, como te decía el otro día, ni siquiera me identifico realmente con la chica que escribió esas cartas. Soy una persona distinta. Nos pasa a todos, no solo a mí. A ti también te pasará.

—Vale. Pero yo te veo incómoda. Hasta has venido a Boñar... Debe de ser importante para ti.

Laura se detuvo y miró a su hija con una sonrisa perpleja.

—¿Crees que he venido para hacerte estas preguntas? Hija, eso te lo podía haber dicho por teléfono. No es nada tan importante, es, como mucho, un poco incómodo. Sobre todo, porque no sé lo que pensará Emilio de este juego que os traéis a estas alturas. Por lo que me has dicho es un señor importante, ahora, todo un científico de la Universidad de Viena. Me cuesta imaginarlo así.

—¿Como un científico? Pero él siempre lo tuvo claro. ¿Por qué iba a ser otra cosa?

—No me refiero a lo de científico. Me refiero a la edad. Es muy raro pensar que también él ha envejecido. En mi memoria, sigue teniendo veintiún años... como entonces.

—¡Qué jóvenes erais!

Laura, que había reanudado la marcha, se volvió a mirarla con expresión melancólica.

—Muy joven. Casi me da pena pensarlo. Mira.

Se había fijado en algo que había detrás de Laura, en el tronco de uno de los árboles. Era un liquen de color naranja. Le clavó suavemente la uña.

—*Xanthoria elegans*. Es bueno que todavía queden líquenes aquí. ¿Sabes qué significa? Que este sitio todavía está bastante libre de contaminación. La diversidad de líquenes en un ecosistema se puede utilizar como un indicador de salud ambiental. A más líquenes, menos contaminación.

—La bióloga renace de sus cenizas —se rió Emma.

Su madre se encogió de hombros.

—Lo de ser bióloga no es algo que se pueda una quitar y poner como un vestido. Forma parte de ti. No puedes desaprender lo que sabes. No puedes desaprender la ciencia, y la ciencia te deja una mirada especial a la hora de interpretar el mundo. Te hace ver cosas que a los demás les pasan desapercibidas. Te hacen rechazar argumentos que otros pueden dar por válidos, porque sabes que no hay ningún rigor detrás, que hacen aguas por todas partes. Es una mirada asombrada y crítica a la vez. Llena de curiosidad, pero también de exigencia. No es una mala forma de andar por el mundo, tener la mirada de una científica.

—Nunca te había oído hablar así.

Laura se apoyó en el tronco de los líquenes y miró a Emma pensativa.

—Ya. Porque los padres a veces nos empeñamos en ser padres el cien por cien del tiempo y en hablar con nuestros hijos siempre como padres: o te doy un consejo, o te pido que hagas algo, o te regaño por lo que no has hecho... Pocas veces conversamos así, sin más. Por conversar. De una persona a otra.

—Se hace raro —confesó Emma.

Se había sentado en una piedra frente a su madre. Arrancó una espiga del suelo y se acarició distraídamente el antebrazo con las delicadas flores del extremo.

—A mí las cartas me han servido para entender que... yo sí quiero hablar de estas cosas contigo —continuó Laura—. Estás en un momento decisivo para ti, tienes que elegir carrera... Y hemos hablado de salidas, de notas de corte, de los detalles prácticos de estudiar aquí o allí, pero no hemos hablado en ningún momento de todo esto, de la curiosidad, del asombro, de la belleza del mundo. Y creo que también debe formar parte de la conversación.

—¿Por eso has venido?

—Sí. Por eso. La última carta me ha recordado lo perdida que estuve yo también. Incluso al final de la carrera, no sabía por dónde tirar. Lo de la paleoantropología me gustaba mucho, pero, sinceramente, creo que Emilio tenía un poco de razón. Lo había idealizado. El trabajo de campo, el día a día de un antropólogo, no es una película de aventuras.

—Pues a mí me pareció mal que te dijese todo eso. ¿Quién era él para aconsejarte nada?

Laura sostuvo la mirada de su hija. Alzó las cejas con expresión melancólica.

—Era un amigo, Emma. Ni más ni menos. Un amigo.

A Emma seguía sin convencerle aquello.

—No tenía por qué intervenir. Era tu decisión. Nadie mejor que tú sabía lo que te convenía o lo que querías hacer.

—Claro, hija. Fue mi decisión. Elegí la beca de Micro. Y me equivoqué. Pero los errores a veces son necesarios. Sin ese error, toda mi vida habría sido distinta. Es lo que te decía el otro día.

—A mí eso me parece una falacia. «Me conformo con lo que tengo porque claro, si no, tú no habrías nacido, ¿y cómo iba a querer yo que no nacieras?». No tiene sentido. En el fondo, si quitas ese factor, seguramente habrías sido más feliz quedándote en Londres y haciendo ese máster.

—Habría sido feliz, pero no más feliz. ¡Eso es justo lo que quiero que entiendas! Todas las opciones eran buenas. Todas conducían a vidas buenas, a vidas auténticas, a mi vida. Porque todas las habría elegido yo. Y a ti te va a pasar lo mismo. Es lo que intento decirte, Emma. No te estás jugando la vida por una décima arriba o abajo en la nota de corte. Esto es el principio de todo, no el final. Si quieres esperar para mejorar la nota y hacer Medicina en la Complutense porque crees que es lo mejor, adelante. Tienes nuestro apoyo. Pero, si decides tomar otro camino, ¡adelante también! No tienes que tener miedo, ¡ninguno de los caminos es malo, ninguno es equivocado! Porque tú sabrás hacer tuyo el camino que elijas. Sabrás hacer que sea auténtico. Así que deja de agobiarte con los comentarios sobre la tortilla de tu abuela en Internet y atrévete a mirar a la vida a la cara. Piensa lo que quieres hacer, valora todas las posibilidades y elige. Decidas lo que decidas, todo estará bien.

Por qué no tengo los ojos verdes

Stirling, 20 de Febrero 1992

Hoy ha sido mi cumpleaños. Bueno, ya ayer. Aquí ahora mismo son las cuatro de la madrugada. Hemos estado de fiesta hasta tarde. ¡Mi primera fiesta de cumpleaños verdadera desde los tiempos del colegio!

Han venido todos: Pili, por supuesto, que se ha encargado de preparar la comida. Mis tres compañeras japonesas de apartamento, Yumiko, Noriko e Izumi. El griego Petros, los dos alemanes, Jane, la afroinglesa de quien te hable, Inge y Annie, otras dos amigas alemanas de la lavandería, y por supuesto Gary, Jonathan y Pete, los *mature students* del edificio. No sé quién más estaba…

¿Sabes lo que me han regalado entre todos? ¡Un chimpancé gigante de peluche! Es un regalo perfecto para una bióloga enamorada de la evolución… Seguro que fue idea de Pili, está en todo.

Pensé que iba a ser un día horrible. Mi primer cumpleaños desde que mi padre murió. Veintidós años, Emilio. La última en cumplirlos de la promoción, como siempre, es lo que tiene haber estudiado toda mi vida con un año de adelanto. Siempre la pequeña, en todas las clases. No creo que me haya hecho ningún bien. Siempre he estado con gente que tenía más experiencia que yo, que sabía más de la vida que yo. En eso, siempre he sentido que voy por detrás.

No es que haya bebido mucho en la fiesta, pero ha sido emocionante, y ahora no me puedo dormir. Mi plan era estudiar Genética Molecular para un examen que tengo. Aquí, a la derecha de esta carta, tengo abiertos los apuntes. Pero es tarde, he bailado, la luna en cuarto menguante brilla como una hoz de oro en el cielo nuboso sobre el lago, y ya se percibe una línea anaranjada a lo lejos, el filo del amanecer. Aquí los días se alargan muy deprisa, dentro de dos meses seguramente a estas horas de la madrugada ya habrá salido el sol. Estoy deseando ver eso.

La genética me gusta, aunque me genera preguntas incómodas. ¿Qué parte de lo que somos está condicionado por los genes y qué parte depende del medio en el que crecemos o de nosotros mismos? No siempre está claro. El otro día estuve leyendo un artículo muy interesante de ***Nature*** (no sé si te conté que aquí en la biblioteca tienen todas las revistas científicas a la vista, y puedes sacar el artículo que quieras sin pedir permiso), bueno, un artículo que resumía unos estudios genéticos sobre gemelos idénticos que fueron separados al nacer. Los resultados eran muy curiosos: imagínate, son personas clónicas, los mismos genes. Y, sin embargo, a veces terminan siendo muy diferentes. No solo en carácter, en capacidades o gustos… También, por ejemplo, en las enfermedades que desarrollan. Había varios casos en los que uno de los gemelos terminaba siendo esquizofrénico y el otro no…, ¿no te parece muy misterioso?

Te voy a contar un secreto muy tontorrón sobre mí. A ver, que no me siento muy a gusto con mi físico no es ningún secreto, todo el mundo lo nota. Y algunos, ya lo sabes, se ceban un poco. Demasiado delgada, rasgos demasiado pronunciados… «Tu hermana es más guapa que tú», me dijo hace poco Marcelino, «y tiene más tetas». Bueno, vale. Lo tengo asumido. Pero de pequeña, había algo que no podía asumir. El color de mis ojos.

Mi madre siempre estaba hablando de las personas que tenían los ojos claros como si perteneciesen a una especie superior. «Esa niña, con esos ojos azules, va a ser una belleza». O… «Yo siempre me enamoraba de los chicos que tenían los ojos claros». Mi padre los tenía oscuros, todos en mi familia los tenemos así. Pero mi madre saca de vez en cuando un álbum de fotos de sus antepasados y señala a su abuelo materno, con sombrero y un gran bigote. «Mira qué ojos tenía», dice. La foto está en blanco y negro, pero se nota que los ojos son claros. Luego pasa dos páginas del álbum y nos muestra a mi hermana y a mí a su otro abuelo vestido de uniforme, porque el pobre hombre se pasó no sé cuánto tiempo en la guerra de Cuba. También tiene los ojos claros. «Podríamos haberlos heredado», dice mi madre soñadora. Como si eso hubiese podido cambiar nuestras vidas. Como si, con esos ojos claros, todo hubiese resultado más fácil. ¿Por qué habíamos tenido tan mala suerte?

A veces, en el colegio, yo salía a un patio pequeño al que se accedía a través de los servicios de las chicas. Tenía una fuente y un muro muy alto. Yo miraba el cielo intensamente azul de León allí sola, me pasaba mirándolo todo el recreo. Y pensaba... me estoy llenando los ojos de azul. Los estoy llenando tanto de azul que se me volverán azules. Sabía que las cosas no funcionaban así, pero, por si acaso, lo intentaba. Y cuando miraba el mar, intentaba que se me volvieran verdes. Azules o verdes, me daba igual. «¿Por qué no tengo los ojos verdes, mamá?», pregunté una vez. «Tú tienes otras cosas», me contestó. «Un buen cerebro. Eso también lo has heredado de tus padres».

Mi madre estudió Genética en la Complutense. Era una asignatura de cuarto de carrera en Pedagogía. Pero imagínate, en los años sesenta y el plena época franquista... A saber qué les enseñarían. A ella, lo que le ha quedado de aquellos estudios es la siguiente idea: todo lo bueno que tenemos mi hermana y yo, lo hemos heredado de ella y de mi padre. Todo lo malo, es fallo, culpa o responsabilidad nuestra. O eso, o lo hemos heredado de mi tía Vicenta (hermana de mi padre), que, para ella, quiere decir lo peor de lo peor.

En fin, que, en mi caso, el viejo dilema ***nature or nurture*** siempre ha estado muy presente. Y, si te digo la verdad, lo que más me preocupa de esa disyuntiva y de cómo puede afectarme a mí no es el color de los ojos. Después de todo, ya hay lentillas para tener los ojos verdes cuando te dé la gana. Es lo primero que me voy a comprar cuando sea rica (jeje). Pero lo que te decía, a mí me preocupa más, por ejemplo, el carácter. ¿Eso se hereda también? Mi padre era una persona triste, sombría. Mi madre está siempre nerviosa y tiene tendencia a la depresión. ¿Yo también voy a heredar eso? A mí me parece que no soy como ellos, que dentro de mí hay una risa muy profunda que sale pocas veces, pero que siempre late en el fondo, y hay un atrevimiento muy grande y muy alocado, a lo mejor demasiado, y unas ganas enormes de comerme el mundo aunque todo me dé miedo. ¿Ellos también eran así y luego lo perdieron? Yo creo que no. Esa alegría profunda que brilla en el fondo de mi ser como una veta de oro en una mina negra, eso no lo tiene todo el mundo.

Me estoy poniendo poética conmigo misma, ¡qué maravilla! Bueno, se me puede perdonar porque es la noche de mi cumpleaños.

Si acepto la beca de Micro, una cosa buena es que habrá mucha genética molecular que investigar. Esa parte me interesa. Aunque a mí lo que me habría encantado es ser Mendel, estar tranquilamente en mi jardín con mis guisantes y empezar a fijarme: a ver, estos son amarillos, estos verdes. Estos lisos, estos rugosos... Si cruzo los lisos amarillos con los rugosos verdes... ¡Toma ya, las dos características se heredan por separado! Y ahí lo tienes. La herencia de los caracteres independientes resumidas en unas sencillas leyes matemáticas. Anda que no tuvo suerte el tío. Trabajó con líneas de guisantes genéticamente puras, eligió rasgos que solo dependían de un gen... Bueno, a lo mejor, más que suerte habría que llamarlo «instinto científico».

Y otros que tuvieron instinto fueron Watson y Crick. Aunque, en mi opinión, se lo creyeron demasiado. Vamos, es como si la doble hélice del ADN la hubiesen inventado ellos, como si no estuviera ahí desde las primeras células esperando a que alguien supiese hacer la foto (de rayos x) correcta. Y quien hizo la foto y supo interpretarla no fueron ellos, mira por dónde. Fue Rosalind Franklin. Pero claro, una mujer... Supongo que a nadie se le ocurrió que ella también se merecía el premio Nobel.

Si te digo la verdad, no creo que las cosas hayan cambiado tanto desde la época de Rosalind Franklin. Mira las listas de los premios Nobel cada año. Siguen siendo mayoritariamente hombres. Es verdad que hay muchísimas mujeres investigadoras en biología, bioquímica, medicina, farmacia... Pero, si te pones a mirar..., los jefes de equipo casi siempre son hombres. En las universidades, los rectores... hombres. Todos los puestos de decisión los ocupan hombres. Eso podía entenderse medianamente cuando había pocas mujeres estudiando ciencias, pero ahora que somos mayoría... ¿Cómo se explica?

Para mí, solo hay una palabra que lo explique: desigualdad.

En parte por eso siento que debo aceptar la beca. Me están dando una oportunidad que la mayoría de las mujeres no tienen (bueno, ni los hombres). Desdeñarla por una idea infantil de la investigación en los yacimientos de Kenia sería absurdo. Total, que creo que al final la aceptaré. Qué vamos a hacer... Intentaré ilusionarme con la bacteria del acné. Todo es interesante si profundizas. Vamos, a mí me llegaron a gustar hasta los artejos de las patas de los artrópodos en segundo de carrera. Si te llega a gustar algo así, es que puedes disfrutar estudiando cualquier cosa.

En todo caso, quiero dejar constancia por escrito en este documento de que, si acepto la beca, no será por los argumentos de tu carta ni porque tú me hayas convencido.

Además, quién sabe, si aprendo a trabajar en ingeniería genética y las cosas avanzan, a lo mejor algún día me puedo pasar al campo de la paleogenética... Y no me digas que es ciencia ficción. Ya sé que en los fósiles humanos se conserva tan poco material genético que es prácticamente imposible estudiarlo... con las técnicas actuales. Pero ¿y si se desarrollan técnicas mejores, que permitan por ejemplo amplificar una muestra de ADN a partir de una sola molécula? Eso lo cambiaría todo, ¿no? Ahí, la paleogenética ya no sería un sueño, sería una realidad... ¡Y quién sabe! ¡Hasta podríamos terminar resucitando a un neandertal!

Aunque no me quiero ni imaginar la cantidad de problemas éticos que traería eso. No solo con el neandertal, también con especies no humanas. ¿No te parece? Aunque ya sé lo que vas a contestarme, tu respuesta de siempre en estos casos, que no es nada tranquilizadora: «Si científicamente puede hacerse, antes o después se hará».

Está amaneciendo. Y yo aquí sin poder dormir, imaginándome cómo será la ciencia del futuro.

Otros aspectos del futuro, casi prefiero no imaginármelos. Tú me dices que me echáis de menos, que nuestra niña de la promoción, que tal y cual. Pero, si vuelvo a León, estaré sola, mucho más sola que aquí. No habrá fiesta de cumpleaños. Allí todos tenéis ya más o menos vuestras vidas, cada uno está a lo suyo. Tú con tu novia Elena de quien nunca hablas pero que, por lo que sé, no es imaginaria, sino una persona de carne y hueso. Y yo para ti soy solo, ya sabes... ***Huesos, huesos, tú eres solo huesos...***

Ni siquiera. Yo para ti solo soy palabras en un papel.

Me estoy poniendo «moñas», como dices a veces. Lo siento. Van a dar las cinco, ha sido mi cumpleaños, he estrenado unos pendientes de aro plateados que me quedan genial y estoy sola con un chimpancé de peluche, y no quiero sentirme tan sola, estoy cansada.

Siempre disculpándome con todos por lo que siento... ¿Te has dado cuenta? Uno de estos días, me voy a dejar de disculpar.

Un beso. Por esta vez, de verdad. Y solo uno.

Laura

Como lágrimas en la lluvia

León, marzo 1992

Querida Laura:

Considera este comienzo de carta una ironía o una burla muy merecida. Así que «¿un beso de verdad? Solo uno»... Estabas un poco moñas, era el día de tu cumpleaños, estabas sola, tu padre ha muerto, me hago cargo, te sientes rara en ese rincón bárbaro del norte donde a veces dicen que hay auroras boreales, pero... en serio... «¿Yo para ti soy solo palabras en un papel?». ¿Tenías que escribir eso?

Me parece que eres tú la que a veces confundes la vida con las historias que te cuentas a ti misma sobre ti, sobre mí, sobre todos. Eres buena contando historias, todos lo sabemos, así que nos asignas un papel a cada uno y se supone que lo único que tenemos que hacer es interpretar nuestro personaje. Pero el mundo no funciona así, nena. Tú no escribes el guion de esta película. Yo tampoco, pero al menos tengo la humildad de aceptarlo.

Mi historia con Elena estalló. Plof. O se desinfló como un globo. Mentiría si te dijese que fue una gran sorpresa. Se veía venir. Yo no soy lo que ella quiere, no puedo darle lo que ella espera. ¿Y sabes por qué?

Aviones plateados...

No porque lo viera venir estoy menos jodido. Es duro sentir que has defraudado tanto a una persona. Y la echo de menos. Sí, Laura, la echo de menos. Es una tía con sus defectos y sus fallos, como todos, pero es cálida, es alegre y siempre tenía un rato para mí. Intenté portarme bien con ella. A lo mejor (bueno, seguro) no lo intenté lo suficiente. Ahora me siento solo y me paso horas delante de la tele viendo vídeos que saco del videoclub del barrio, casi todo ciencia ficción. Me ha dado especialmente por la ciencia ficción de serie B de los cincuenta, fascinante. Con esos pulpos gigantes que tienen un tío dentro y casi puedes escucharle respirar, ¿sabes lo que te digo? Pero también me he visto las de *Star Wars* seguidas, y las de *Indiana Jones* (eso no es ciencia ficción, vale, pero las he visto) y esa tan rara de un ruso, *Solaris*, y *2001*, por supuesto, esa me la he visto como cinco veces. *Terminator*... esas seguro que a ti se te han escapado... ¿Y *Robocop?* Ni sabes quien es, apostaría algo.

La que más me gusta de todas es *Blade Runner*. No me cuesta nada imaginarme ese mundo de ciudades atestadas y contaminadas con coches voladores y todo tipo de etnias y costumbres mezcladas hecho realidad. La acción de la película se sitúa en 2019. ¿Crees que 2019 será así? Yo creo que podría ser. La tecnología va muy deprisa. Ese mundo lo viviremos nosotros, Laura, ni siquiera seremos tan mayores cuando llegue. A lo mejor nos toca vivir entre replicantes y *blade runners* mientras en la bolsa cotizan empresas que explotan los recursos mineros del cinturón de asteroides. Hay algo muy melancólico en los replicantes de *Blade Runner*, ¿no te parece? Sienten como humanos, son un torbellino de pensamiento y emoción como cualquier ser humano, pero están programados para vivir cuatro años. Es desgarrador.

Y ahí tienes la gran innovación: la replicante Rachael, con recuerdos implantados de una humana real para que cuente con una base emocional sólida. El problema es que ella cree que son SUS recuerdos, que es una humana de verdad.

¿Te acuerdas de la escena en la que someten a Rachael al test de Voigt-Kampff para descubrir si es una replicante? En la película dicen que con seis o siete preguntas suele ser suficiente para desenmascarar a los «no humanos». Es un test que mide la empatía. Si los sujetos no responden emocionalmente a determinadas cuestiones, es que no tienen corazón... en el sentido figurado de la expresión. Con Rachael hacen falta más de cien preguntas para desvelar su verdadera naturaleza. Aunque se cree humana, también ella es una replicante.

¿Y Deckard, el personaje de Harrison Ford? ¿Es un replicante también? En la película, yo creo que la cuestión se deja abierta.

He estado buscando información sobre el test de Voigt-Kampff y no existe, es una invención del escritor Philip K. Dick. *Blade Runner* está basada en un cuento suyo que se titula *¿Sueñan los androides con ovejas eléctricas?* Por ahí la gente decía que, para el test, se había basado en el test de Turing, que sí existe, en teoría. La idea de Turing consiste en hacer preguntas a los robots, androides o lo que sean para descubrir si la máquina puede hacerse pasar por humana y engañar al evaluador. Pero el test de Turing lo que evalúa es la capacidad de las máquinas para pensar, no para sentir empatía. En eso se diferencia del test de *Blade Runner.*

Yo no lloro en el cine. No lloro viendo películas, o en todo caso lloro de risa, como cuando fuimos los dos juntos a ver *Los caballeros de la tabla cuadrada de* los Monty Python. Ese día lloré, me dolía todo el cuerpo de tanto reírme, pero tú me ganaste, porque te reíste tanto que te terminaste cayendo de la butaca al suelo y allí te quedaste riéndote como nunca he visto reír a nadie, y creo que yo me tiré al suelo también a propósito para reírme allá abajo contigo. Pues eso, de risa puedo llorar, de emoción y tal… no lo esperes. Y aun así, los replicantes de *Blade Runner* me ponen un nudo en la garganta, y cuando Roig dice eso de «Yo he visto cosas que vosotros no creeríais. Atacar naves en llamas más allá de Orión. He visto rayos C brillar en la oscuridad cerca de la Puerta de Tannhäuser. Todos esos momentos se perderán en el tiempo, como lágrimas en la lluvia…».

Joder. Y eso es lo que nos va a pasar a todos con lo que vivamos. Con cada pequeño momento, con cada uno de esos días que hemos esperado como si no fuera a llegar nunca. Todos se perderán como lágrimas en la lluvia.

Pero no, me niego a dejarme arrastrar por el tono melancólico de tu carta, me prometí que me iba a burlar un poco de ti y de tu sentimentalismo y no lo estoy consiguiendo. Esto no puede ser, soy un materlialista nihilista solipsista, no me arrastrarás a tu territorio. Estábamos hablando de robots… Bueno, yo estaba hablando de robots… Qué quieres, mis preferidos son los clásicos R2D2 y C3PO. Robots con pinta de robots, como debe ser. Uno gris y el otro, dorado. Uno no habla y el otro con voz de lata. Si alguna vez construyen robots inteligentes, que los hagan así, que se note bien que son máquinas, para no marear al personal.

¿Te acuerdas de aquella serie que ponían en la tele cuando éramos pequeños, *Los supersónicos?* Ahí todo estaba muy robotizado, pero la sociedad, eh… Joder, era la puta sociedad de los años cincuenta con todos sus racismos y machismos y barbaridades sociales y económicas, solo que con robots y coches voladores. A mí me molaba muchísimo.

Claro que mi ídolo absoluto en materia de robots sigue siendo, sin duda, *Mazinger Z*. Dios, cómo me gustaba. Lo ponían los sábados después de comer, ¿verdad? Yo recuerdo la cara de horror de mis padres cuando me veían tan entusiasmado con aquel gigante robot pilotado por un chico que se llamaba Koji Kabuto y el otro robot que disparaba por las tetas como misiles, Afrodita A, pilotada por Sayaka… Aquello les debía de romper muchos esquemas a la generación de nuestros padres. Pero no conozco a nadie de nuestra generación que no adore a Mazinger. ¿Te acuerdas del doctor Infierno y de su terrible secuaz, el barón Ashler, con media cara de hombre y media de mujer y una voz que podía pasar a ser de cualquiera de las dos cosas? Me encantaba el barón Ashler. Te juro que el día de mi boda, en lugar de poner el *Danubio Azul* para el vals con la novia, pienso poner la cancioncilla de *Mazinger:*

La maldad, el terror
Koji puede controlar…
Y con él
su robot
Mazingeeeer…
¡Mazinger!
¡Planeador abajo!
Cuando sube la marea,
Mazinger busca pelea.
Rayos láser…
Puños fuera…
Baron Ashler…
Nunca vencerás, Mazinguer te va a pisar…

¿A que suena bonito para una boda? Espero que mi novia esté de acuerdo.

Mierda, otra vez el tema de las novias. Yo no quería volver a sacar esto…

Oye, ¿tú cómo crees que será el futuro de la inteligencia artificial?

No creo que lo veamos a lo largo de nuestra vida, pero es una cosa que a mí me gustaría ver. ¿Y cómo será? ¿Androides con forma humana, como los de *Blade Runner?* ¿Un ordenador con sentimientos, como HAL de *2001?* ¿Latas parlantes y serviciales, como los de *La guerra de las galaxias?* Es difícil saberlo. La verdad es que ahora mismo, comunicarse con un ordenador es bastante complicado todavía. He estado haciendo un curso de Wordperfect, ya sabes, el procesador de textos, y la verdad es que todo me parece esotérico, las órdenes que hay que escribirle al ordenador para que medio entienda lo que tiene que hacer…

Aunque puede que eso cambie muy pronto. El otro día vi un ordenador Macinstosh, lo tenían en bioquímica. La interfaz es gráfica. O sea, la pantalla es como un mapa con carpetitas, tu pinchas la carpeta y sacas lo que hay allí. Para eso tienes que manejar la flecha con un mando que deslizas por una mesa, un ratón. ¿Por allí tenéis de esto? Solo lo vi un momento, pero parece muy fácil de usar. Con un sistema así, hasta un niño podría manejar un ordenador.

Decía uno de los profes de Bioquímica que dentro de diez años la gente tendrá ordenadores en su casa, no solo los ingenieros y arquitectos y gente así, la gente normal. Que se usarán para todo. Bueno, mucho van a tener que bajar de precio, pero no lo descarto… Mira los coches, también son máquinas complicadísimas y carísimas y casi todo el mundo tiene uno.

A lo mejor un día, cuando seamos ancianitos, me encuentro hablando con un replicante que me cuidará en la residencia para la tercera edad y tendrá mucha paciencia con mis achaques y mi mal carácter. Y le contaré mis recuerdos de una chica que se llamaba Laura y que se creía que podía ir por el mundo diciendo cosas oscuras y poéticas que te dejaban herido como si te hubiera caído un rayo y luego pasaba a otro tema como si tal cosa. Y de cómo los dioses la castigaron por su exceso de inocencia y su falta de prudencia…

¿Me estoy poniendo literario? ¿Yo? Socorro… Como se enteren mis colegas, me lapidan…

Que no salga de aquí, ¿eh?

La próxima vez que tengas un mal día, escribe a Marta o a Pilar o a Jose Antonio

Gil si te da la gana, o a tu madre. A mí me haces sentir cosas que no quiero sentir, y que tú tampoco quieres que sienta.

Espero que no me consideres un borde. Aunque lo soy.

Un saludo cordial y afectuoso (jeje),

Emilio

Capítulo 9

—Siempre me encantó este tren. —Bamboleándose por el traqueteo de la marcha, Laura contemplaba distraída las montañas a través de la ventanilla. Emma iba sentada frente a ella, en sentido contrario al del avance. El vagón del tren de Feve parecía un largo autobús de última generación, aunque más estrecho. Aparte de Emma y su madre, viajaban en él un par de mujeres mayores y tres adolescentes con sus bicis que se habían instalado en un extremo.

—Es el que cogíais para los trabajos de campo de la universidad, ¿no? —preguntó Emma.

—Sí, lo cogíamos cada sábado para hacer el trabajo de parcela. Eso se hacía en segundo y en tercero de carrera. Dos cursos enteros. Eran trabajos en grupo. Mira, vamos a pasar enseguida por la zona que me tocaba a mí con mi grupo. Aviados.

—¿También estaba Emilio?

—No, él estaba en otro equipo. Mira, ya se ve. ¿Ves esas ruinas de un castillo en la cima de la colina? Ahí.

—Ni siquiera hay estación…

—Hay un apeadero. Pero casi nunca para. Ahí está el letrero. Ha pasado de largo.

—¿Y qué hacíais exactamente?

—Pues... todo tipo de cosas. Por ejemplo, transeptos. Seguías un camino en línea recta y contabas los pájaros que te ibas encontrando y de qué especie era cada uno. Poníamos trampas para colémbolos, botes de cristal medio enterrados en el suelo, y luego los contábamos. Los colémbolos son unos artrópodos diminutos, cinco o seis milímetros como mucho. También los llaman «pulgas de nieve». Son muy adaptables, los puedes encontrar en cuevas, en montañas, en todo tipo de hábitats.

—¿Y para qué les poníais trampas?

—Lo que te decía, para contarlos. Cuantos más colémbolos y más diversidad de ellos, más sano está un ecosistema. Se alimentan de materia en descomposición, así que también sirven para estudiar los sistemas del suelo.

—¿Qué más hacíais?

—A ver... Estudiábamos la disposición de los árboles, las distancias entre ellos... Observábamos los pequeños mamíferos, musarañas sobre todo, alguna comadreja... Recogíamos insectos para pincharlos en paneles. Ahora, eso creo que estará prohibido. Esa parte me horrorizaba. Se llamaba el «bichario». Y también hacíamos un herbario con muestras de plantas. Y analizábamos las egagrópilas. Son unas bolas que regurgitan las lechuzas con restos de los pequeños vertebrados que se comen. Tú tenías que extraer con pinzas los huesecillos de ese vómito esférico y... averiguar qué animales se habían comido: alguna culebra, un ratón de campo..., cosas así.

—Suena asqueroso.

Laura se echó a reír.

—Para mí lo era. El trabajo de campo se me daba tan mal como el de laboratorio. Era muy patosa, resbalaba, me daba miedo pasar junto a un precipicio o coger una culebra viva con las manos... Pero mis compañeros de grupo me ayudaban. Y terminé disfrutando muchísimo de esos trabajos de parcela. Fíjate, cogí tanta confianza, que hasta llegué a pensar que buscar fósiles en Kenia era lo mío... Habría que haberme visto... No quiero ni imaginármelo.

—Mamá, se te daba mal todo, según tú: el laboratorio, el campo... ¡Pero tenías muy buenas notas!

—A mí me gustaba sobre todo la parte especulativa de la ciencia: hacerme preguntas, plantear hipótesis, diseñar experimentos para comprobarlas... Pero para dedicarte a la ciencia no basta con eso, al menos en este país. Tienes que tener también esa habilidad a la hora de hacer cosas, de poner trampas, de preparar una muestra para mirarla al microscopio, hacer una disolución con concentraciones precisas de cada cosa... Esa parte es la que no se me daba bien.

Durante los siguientes minutos, se dedicaron a contemplar el paisaje en silencio. La línea del ferrocarril de vía estrecha seguía en muchos tramos el curso de un río. En la orilla, los sauces inclinaban sus ramas plateadas hacia el agua, y los fresnos formaban un delicado dosel sobre ellos con sus hojas verdes y finamente divididas. Detrás, las montañas de caliza también parecían de plata.

Después de un rato, Emma sacó el móvil y se puso a contestar mensajes. Su madre dejó de mirar por la ventanilla para observarla.

—¿Mucho trabajo? —preguntó.

Emma se encogió de hombros.

—Lo de siempre. Comentarios y tal. Creo que cuando empiece la carrera voy a cortar con todo esto.

Levantó los ojos hacia su madre.

—Te vas a reír de mí —dijo—. Estoy pensando que me voy a matricular en Biología...

Laura alzó las cejas, sorprendida.

—¿En serio? Pero si tenías clarísimo lo de Medicina...

—No, no lo tenía clarísimo. Tenía claro que quiero investigar. Y ahora, después de leer las cartas, este camino me apetece más. Creo que voy a aprender más de ciencia en general haciendo Biología.

—A mí me parece una buena decisión —opinó Laura—. Pero ya sabes lo que te va a decir todo el mundo: que la Biología no tiene salidas, que la Medicina está mejor considerada...

—Es igual. Si es que en el fondo a mí la parte de tratar pacientes nunca me ha llamado la atención. Y para estar en un laboratorio, este camino es mejor.

—Pues habrá que pensar dónde y cómo. Mañana mismo nos ponemos con ello.

Nuevo silencio. Esta vez, fue Laura la que sacó el móvil. Leyó algunos correos, tecleó sin demasiada habilidad las respuestas.

—Todavía me da un poco de vergüenza pensar que vamos a ver al hijo de Emilio —dijo—. Vaya cartas más adolescentes. Se me había olvidado el tono. Estas últimas... En fin, tampoco hay por qué avergonzarse de lo que una fue. Estábamos aprendiendo.

—No tienen nada de malo —observó Emma—. A mí me parece muy bonitas.

Laura asintió con la cabeza. Estaba pasando por un pueblo de casas de piedra dorada y tejados rojos. Se quedaron mirando las dos hasta que lo dejaron atrás.

—Falta una carta, ya te lo dije —murmuró Laura.

Sus ojos se encontraron con los de su hija.

—Esa carta de Emilio que mandaste ayer no fue la última. Yo le contesté.

—Ya. Pero Andrés me dijo que no había más.

—Supongo que Emilio la rompería. Mejor. No decía más que niñerías.

¿Eran imaginaciones de Emma, o su madre, siempre tan serena y dueña de la situación, se estaba ruborizando?

Se inclinó hacia delante en el asiento para observarla mejor.

—Mamá..., ¿qué le decías en esa carta exactamente?

Laura se rió y se tapó la cara con las manos.

—Prefiero no acordarme.

—Pero te acuerdas... Mamá... ¿Era una carta de amor?

Laura apartó por fin las manos de su rostro. Todavía sonreía.

—Se podría decir que sí. El pobre se debió de asustar muchísimo, porque no me contestó. Y luego... bueno, prácticamente ya no volvimos a vernos. Nos encontramos alguna vez en el barrio Húmedo, él iba con sus amigos y yo con mis amigas... Espera, no, iba con un novio que tenía... Nada, intercambiamos unas palabras bastante cortados los dos y nos fuimos cada uno por nuestro lado.

—Y si Andrés hubiese tenido la carta..., ¿qué habrías hecho?

—Pues no sé. Ha pasado mucho tiempo. Seguramente os habría dicho que adelante, que la compartieseis también. Mira, yo una de las cosas que he aprendido en todos estos años es que no hay que avergonzarse de lo que uno es ni de lo que siente. Yo expresaba lo que sentía. Tendemos a pensar que es ridículo que alguien ame sin ser correspondido, pero no es ridículo. Es valiente. Lo que es horrible es presionar, intentar conseguir que te correspondan poniéndote pesado, no aceptar la realidad... Pero eso no fue lo que yo hice.

—¿Tú crees que Emilio no te correspondía? Pues, por lo que dice en las cartas, yo no diría eso...

Laura se encogió de hombros.

—Lo que está claro es que, por lo que fuera, no quiso tener una relación conmigo. Sus motivos, yo no los sé. De todas formas, visto retrospectivamente, mejor. No creo que hubiésemos encajado. Él era muy gruñón en el día a día. Y yo tenía muchos pájaros en la cabeza. Como pareja, no habríamos durado ni una semana.

Empezaron a verse más casas en las proximidades de la vía. Chalets aislados, grupos de adosados...

—¿Estamos llegando a León?

—Sí. En diez minutos llegamos —dijo Laura—. O sea, que Andrés viene a buscarte...

—Eso ha dicho, sí.

—Muy bien. Así le saludo y os dejo con vuestras cosas. Yo he quedado con mi amiga Beatriz para un café y luego con el grupo de Adolfo y Juan para los vinos, y seguramente comeré en la universidad con Antonio...

—Tienes muchos amigos aquí —dijo Emma, sonriendo.

—No deja de ser la ciudad en la que pasé la infancia y la adolescencia. Hasta una parte de la juventud...

—Tu ciudad. Siempre dices que eres de León.

—Sí. Hay cosas que no cambian nunca.

El tren se detuvo entre suspiros ahogados de la maquinaria y la gente comenzó a apearse. Laura señaló a un adolescente que esperaba al final del andén.

—¿Ese no será Andrés?

Era él, efectivamente. Fueron las dos a su encuentro. A Emma le pareció más pálido y rubio que el día de Boñar. Llevaba una camiseta gris que hacía juego con sus ojos y unos vaqueros desteñidos.

—Hola, Andrés, encantada de conocerte —saludó Laura.

—Yo también —contestó Andrés mientras se daban dos besos.

Laura se apartó y miró a los dos jóvenes con una sonrisa.

—Bueno, pues yo os voy a dejar, he quedado con un montón de gente. Andrés, si estás libre, a última hora de la tarde os invito a cenar. Emma y yo nos vamos a quedar a dormir aquí en la casa de mi madre, que ahora está vacía. ¿Qué te parece, cenas con nosotros?

Andrés se había puesto todavía más pálido.

—Bueno... Lo que pasa es que hay un imprevisto.

Emma y Laura lo miraron con expresión interrogante.

—Es mi padre —prosiguió Andrés—. Ahora mismo debe de estar cogiendo un vuelo en Viena para Madrid. Llegará a León a media tarde.

Laura frunció levemente el ceño.

—Espera... ¿Emilio está viniendo a León?

—Pues sí... Él sabe que hoy había quedado con vosotras. Y, si vamos a cenar juntos... Creo que a él le gustaría venir.

Capítulo 10

Cuando se despidieron de Laura, que tenía una mañana repleta de citas, Andrés propuso que fueran primero a la catedral. A Emma le pareció buena idea.

Recordaba haber visitado el viejo monumento gótico por dentro un par de veces, pero hacía unos cuantos años que no entraba. Después de pagar su entrada (Andrés tenía una tarjeta para hacer la visita siempre que quisiera, por ser residente en León), accedieron a la nave lateral de la derecha. En el aire resonaba música de órgano creando una atmósfera de mágico recogimiento. Los pocos turistas que deambulaban por el interior del templo lo hacían como sonámbulos, con la vista clavada en las vidrieras y una sonrisa maravillada en el rostro.

—Mira —dijo Andrés, y guio a Emma hasta el comienzo de la nave central—. Este es uno de mis lugares favoritos. La entrada que hemos visto por fuera está al oeste, que representa el atardecer, el fin del mundo, el apocalipsis y la resurrección. Y justo en frente está el este, que es donde se coloca siempre el altar mayor. Eso significa que la nave de la izquierda da al norte… ¿Ves las vidrieras, su colores invernales? Azules profundos, el marrón de las hojas secas… Son las vidrieras del otoño y el invierno. En cambio, las del lado opuesto dan al sur: colores intensos, ¿ves el verde, el rosa? Representan la primavera y el verano.

—¡Nunca me lo habían explicado así!

—Una catedral gótica es muchas cosas: una representación en miniatura de todo el universo, la Tierra y la historia de la humanidad. Pero también es una especie de máquina astronómica gigante, con sus puntos clave perfectamente orientados…

Siguieron recorriendo la catedral, deteniéndose en los lugares donde el espectáculo de las vidrieras era más asombroso, y luego recorriendo las capillas de la girola, contemplando las antiguas vírgenes góticas, con su sonrisa tímida y llena de esperanza, disfrutando con los detalles de los relieves de la sillería del coro y de las escenas del retablo central… Emma nunca había se lo había pasado tan bien viendo una iglesia.

Cuando salieron, se sentaron a tomar un helado frente a la catedral. Hacía calor, pero a la sombra se estaba bien. Habían elegido la mesa de la esquina, donde corría un poco de brisa. Durante un rato, paladearon en silencio sus respectivas copas, adornadas con sombrillitas y sirope de chocolate sobre las bolas de helado.

—Vas a pensar que soy idiota, pero ¿sabes por qué estoy contenta? —dijo Emma.

—Ni idea… ¿Por qué?

—Porque ahí dentro, mientras veíamos todo, no he pensado ni una sola vez…: «¡Qué bien quedaría esto en un directo!».

Andrés se rio.

—No creo que te hubiesen dejado grabar, de todas formas. Buenos son los canónigos…

—Ya... Pero no me entiendes. Para mí lo importante es... ¡Ni siquiera lo he pensado!

Andrés clavó la cucharilla plateada en la bola de helado de limón que había al fondo de la copa. Luego añadió un poco de helado de frambuesa antes de llevársela a la boca.

—Eso quiere decir que, para ti, lo de las redes es como una obligación.

—Sí. Ha dejado de ser divertido —admitió Emma—. No sé, me he centrado más en eso porque estaba convencida de que mi sueño número uno, el de entrar en Medicina, no lo iba a conseguir. Pero ahora, en estos días, mi sueño número uno ya no es entrar en Medicina, y es como si toda la máquina del mundo, la catedral entera... ¡zas! Hubiese girado. Y nada está donde solía estar.

Mordisqueó un tubo de barquillo con un poco de helado de chocolate en el extremo.

—¿Y cuál es ahora tu sueño número uno? —preguntó Andrés.

—Ahora sí que te vas a reír de mí. Quiero estudiar Biología.

Andrés solo sonrió.

—Te entiendo. Con lo de las cartas... Hasta yo me lo he planteado.

—¿Por qué los padres nunca nos cuentan las cosas importantes? —estalló Emma—. Repiten y repiten las mismas anécdotas. Yo me sé de memoria el accidente que tuvo mi madre una vez en el laboratorio, cuando aceptó la beca de Micro y un día inundó el cuarto de radiactivos... Y sé que poco después renunció a la beca, se puso a estudiar tecnología de los alimentos, conoció a mi padre... Pero nunca me había hecho una idea clara de lo que había sido para ella la carrera de Biología.

—A lo mejor ella lo ve un poco como un fracaso, ¿no? Quiero decir... Como después no se ha dedicado a eso...

—Pues no. Ayer hablamos muy en serio. Y me dijo cosas que me gustaron. Me dijo que tenía que quitarme la presión de encima, porque, eligiese el camino que eligiese, se convertiría en mi camino y estaría bien. No sé. De verdad que sentí una libertad distinta cuando me lo dijo. Y estoy ilusionada con lo de hacer Biología. ¡Muy ilusionada!

Andrés, que ya había terminado su copa, removía un resto de helado derretido que había quedado en el fondo con la cucharilla. Parecía preocupado.

—Lo mío no va a ser tan fácil. Yo también he tomado una decisión. Voy a hacer lo que de verdad quiero hacer. Bellas Artes. Yo también quiero entender el universo, ¿sabes? —añadió alzando los ojos hacia Emma—. Pero para mí, es a través del arte, lo tengo claro. Eso no significa que no me interese la ciencia... No sé si mis padres lo van a entender.

Desvió la mirada hacia la catedral y se quedó contemplándola distraído.

—A lo mejor esta noche tu madre me puede echar un cable —murmuró—. Está claro que a mi padre le cae bien. Imagínate. Se ha venido desde Viena y todo.

—Pero no habrá venido solo por esta historia...

—Viene todos los veranos, pero siempre en agosto. Ahora solo va a estar cuatro días y se vuelve. Mi abuela está asombrada. No es muy propio de mi padre improvisar una visita.

—Oye, hay una cosa... que no sé si tu padre te ha dicho.

Andrés ladeó la cabeza, intrigado.

—La última carta que mandaste, la última carta de mi madre desde Stirling... Bueno... Parece que no fue la última —dijo Emma.

—¿En serio? Pues yo solo encontré las cuatro que te he mandado. Y mi padre no me ha dicho que hubiera más.

—¿No te lo ha dicho? Es raro.

—A lo mejor no llegó a recibirla. Estamos hablando del año 1 992. El correo no funcionaba como ahora —opinó Andrés.

—El correo funcionaba mejor que ahora, según mi madre. Porque la gente lo usaba más, dependía más de él. No creo que sea eso. Seguro que sí recibió la carta, pero la tiraría.

Andrés la miró asombrado.

—¿Por qué iba a hacer una cosa así?

Emma se reclinó sobre el respaldo metálico de la silla y miró hacia lo alto de la torre más próxima de la catedral mientras buscaba las palabras para contestar.

—Supongo que uno de los dos lo sacará esta noche en la cena, o no... Resulta que la carta de mi madre... esa última carta desaparecida... era una especie de... declaración de amor.

Los ojos de Andrés se agrandaron de sorpresa.

—*No way.*

—Como lo oyes.

—¿Te lo ha dicho ella?

—Ella misma. Estaba un poco preocupada... o avergonzada... No sabía si esa carta la tenías tú.

—Joder. Si lo hubiera sabido, le habría preguntado a mi padre. Ahora que ya está aquí prácticamente, no sé... Si quieres, le digo algo.

Emma se encogió de hombros.

—Los adultos son ellos. Ellos sabrán lo que tienen que hacer. Mejor lo dejamos en sus manos.

Andrés no parecía muy convencido.

—Emma, mi padre tiene un sentido del humor... que a veces solo le hace gracia a él. Espero que no haga ni diga nada desagradable.

—Pero mi madre le caía bien, ¿o no?

—Sí. Eso sí.

* * *

Se pasaron el día dando vueltas por la ciudad. Comieron en una terraza enfrente del antiguo ayuntamiento. Pasearon por Papalaguinda, llegaron hasta la plaza de toros y volvieron por la orilla del río hasta San Marcos. Entraron en el lujoso parador para ir a la terraza, que era un jardín verde sobre el río. Allí se tomaron un té helado.

Emma no recordaba habérselo pasado tan bien con ninguno de los dos chicos con los que había salido. Y es que, con Andrés, nunca se acababa la conversación. Escuchaba de verdad y no contestaba con lugares comunes, como la mayor parte de la gente. Decía cosas inesperadas, a veces divertidas, otras veces extrañas, que te hacían pensar. Se notaba que había pasado mucho tiempo solo y que les había dado muchas vueltas a algunas ideas.

Después de San Marcos se acercaron al Museo de Arte Contemporáneo, con su fachada de vidrios de colores, un homenaje a las vidrieras de la catedral. Dentro del museo, los espacios eran amplísimos y las obras, intrigantes. Había una exposición temporal sobre una galería de arte que había defendido las corrientes más innovadoras y conceptuales en los años noventa del siglo pasado. Muchas fotos, una instalación de una máquina que pintaba sola, esculturas de malla de alambre con cáscaras de huevo, y un vídeo... Emma se detuvo en seco al reconocer en la proyección el rostro rejuvenecido de su madre.

—No me lo puedo creer... ¡Es ella!

—Bueno, a Laura le gusta el arte, en las cartas hablaban de una tertulia literaria...

—Sí, es verdad. Yo la he oído hablar de esta galería. Me parece que, cuando dejó la beca, estuvo dando clases de francés un tiempo, lo compaginaba con los estudios de Tecnología de los Alimentos... Y le dio clase al dueño de la galería. Él la pagaba con obra de la que exponía. Mi madre conserva dos o tres grabados curiosos de aquella época. Pero ahí está recitando, o algo...

Por suerte (pensó Emma), el vídeo no tenía sonido. Le habría resultado todavía más raro oír la voz de su madre de joven.

Se acercaba la hora a la que habían quedado para cenar. Andrés le había mandado un mensaje a su padre con la ubicación de la pizzería que había elegido Laura, una terraza en la plaza Mayor. A las nueve... Se había limitado a contestar que allí estaría.

Desde el MUSAC hasta la plaza Mayor había casi tres cuartos de hora caminando. Emma estaba un poco cansada de todas las emociones del día, pero, como la conversación con Andrés nunca decaía, al final el trayecto se le hizo bastante corto.

En la plaza había un montón de terrazas. Andrés dirigió la mirada hacia una concreta que tenía la mayor parte de las mesas debajo de unos arcos. Saludó con la mano. Un hombre flaco, de mediana edad, le devolvió el saludo.

—Ya ha llegado. A tu madre no la veo.

—Buf. Casi mejor.

Se dirigieron los dos hacia la mesa donde aguardaba Emilio. Estaba puesta para cenar, con cuatro servicios. Emilio se levantó, abrazó a Andrés y le dio dos besos a Emma.

—Te pareces bastante a ella. Y a la vez, no —dijo—. Me alegro de conocerte.

Emma estaba muy cortada. No sabía que decir. ¡Ella, que, en los directos, podía hablar durante horas delante de cientos de miles de personas sin quedarse en blanco!

—Tú también te pareces a Andrés —contestó—. O, bueno, Andrés a ti. Y a la vez no. Como tú dices.

Se sentaron los tres. Emilio ocupó la silla de antes, que miraba hacia el centro de la plaza. Las de Emma y Andrés estaban en el lado opuesto.

—La genética es una ciencia misteriosa —dijo Emilio—. Cómo las características se mezclan y vuelven a aparecer reconocibles pero modificadas... Si las personas fuésemos guisantes, todo sería más fácil. Pero...

Se interrumpió, los ojos grises clavados en una figura femenina que se acercaba a toda prisa. Laura.

Emilio se levantó de nuevo. Se dieron dos besos rápidos. Emilio le hizo un gesto a la camarera para indicar que ya estaban todos. Cuando se volvió a sentar, Emma notó que las manos le temblaban.

Laura y Emilio se miraron a los ojos unos segundos en silencio. Los dos sonreían.

—Ay, Laura, Laura —dijo por fin Emilio meneando la cabeza—. Tú querías entender el universo...

Se echó hacia atrás en el respaldo sin dejar de mirarla. A Emma le pareció que su sonrisa contenía una pregunta.

—Era así de ambiciosa —dijo Laura.

—Bueno, ¿y qué? ¿Lo has conseguido?

Laura se acodó en la mesa sosteniéndole la mirada.

—¿Entender el universo? Estoy en ello.

Emilio arqueó las cejas, entre burlón y divertido. Emma y Andrés contenían la respiración. No se atrevían a intervenir.

—Pues buena suerte con eso —dijo Emilio—. Yo renuncié hace tiempo.

—No me creo nada —afirmó Laura, y se giró hacia Andrés—. ¿Tú que opinas?

Las mejillas de Andrés se colorearon ligeramente.

—Que no —dijo—. Que no ha renunciado.

—Traidor —bromeó Emilio—. Ya te ajustaré yo a ti las cuentas…

La llegada de la camarera interrumpió la conversación. Deliberaron sobre lo que iban a pedir. Se decidieron por una ensalada y tres pizzas para compartir.

Después de eso, Laura preguntó a los chicos qué habían hecho durante todo el día, y ellos se explayaron hablando de la catedral, de los helados, del museo. Emilio y Laura intervenían cada poco, hacían comentarios, compartían algún recuerdo. La conversación fluía con una naturalidad sorprendente, teniendo en cuenta la situación. Se notaba que los cuatro estaban a gusto.

Empezaba a anochecer. La camarera colocó en el centro de la mesa una vela encendida.

—Qué romántico —se burló Emilio.

Todos sonrieron. Luego siguieron hablando de mil cosas. De las vacaciones, de viajes, de la ciudad de Viena, donde Emilio llevaba viviendo más de diez años, de la lucha contra el cáncer, de los negocios de Laura y su marido, de antiguos compañeros de la facultad, de los profesores, de la pandemia, de política, del cambio climático, de inteligencia artificial…

Fue a los postres (habían pedido una tabla de quesos y dos raciones de tiramisú para compartir) cuando Emilio, por fin, sacó el tema de las cartas.

—Ha sido emocionante volver a leerlas —dijo.

En su tono no había ni el menor atisbo de ironía.

—Sí —murmuró Laura—. Para mí también.

Emma y Andrés parecían completamente concentrados en el tiramisú. No levantaban la cabeza de los platos.

—Pero falta una carta —dijo Laura.

Emilio le sostuvo la mirada.

—No. Faltan dos.

Laura arqueó las cejas.

—¿Cómo es eso? Yo no recibí más que cuatro tuyas.

—Ya —dijo Emilio—. La quinta no te la llegué a mandar.

El silencio estaba tan cargado de preguntas que casi saltaban chispas.

—Pero la escribiste —afirmó Laura.

—Sí. La escribí. Y la conservo. Las conservo las dos. Las tenía en Viena. Siempre las he llevado conmigo, me han acompañado en cada lugar donde he vivido.

—¿En serio? —Laura parecía a punto de echarse a llorar de emoción—. ¿Y qué decían? Bueno, sé lo que decía la mía...

—Ya. Bueno, pues eso era lo que quería preguntarte. Qué hacemos con esas dos cartas. ¿Las compartimos también con los chicos? ¿Quieres leerlas tú sola y luego decides? Eso sí, no me pidas que las tire porque eso no lo voy a hacer.

—No, ¿por qué iba a pedirte que las tirases? Sería una tontería. Aunque hayamos cambiado, yo quiero a las personas que fuimos, a esos dos críos que no sabían ni por dónde andaban.

—Sí. Éramos bobos de remate... sobre todo yo. Pero sí, yo también les tengo cariño.

—No éramos bobos. Éramos jóvenes y maravillosos. Estábamos descubriendo el mundo —dijo Laura.

—Como ellos ahora.

Emilio miró a Andrés, y luego a Emma.

—La decisión es de Laura, pero ¿vosotros qué decís? —preguntó Emilio—. Os advierto que vais a sentir un poco de vergüenza ajena si al final leéis esas dos cartas. Éramos unos pardillos.

Andrés y Emma se miraron.

—Uf. No sé si las quiero leer —dijo Emma.

—Ni yo —coincidió Andrés.

—Sí. Que las lean —dijo Laura, y todos la miraron—. ¿Por qué no? Emma me decía esta mañana en el tren, o ayer, no me acuerdo, que los padres nunca hablamos de las cosas verdaderamente importantes. Y tiene razón. Es que ni siquiera nos hablamos a nosotros mismos de las cosas importantes. Cuando llegas a cierta edad, lo tienes casi todo controlado y te puedes permitir el lujo de vivir en piloto automático la mayor parte del tiempo. Y se te olvida que al principio todo era muy diferente, que no sabías nada y que estabas cómoda con ese no saber, porque disfrutabas haciéndote preguntas.

—Sí. No es que ahora sepamos muchísimo más —opinó Emilio—. Sabemos un poco más, pero nos refugiamos en ese poco y no nos asomamos al precipicio de entonces. De cuestionártelo todo. Al leer las cartas, lo he echado de menos.

Sus ojos volvieron a encontrarse con los de Laura. Por un momento, pareció que ambos se olvidaban de la presencia de los chicos.

—Entonces, ¿que las lean? —preguntó Emilio—. Si tú te atreves, yo me atrevo.

—Que las lean —Laura desplegó una gran sonrisa—. ¡Quién dijo miedo!

—Muy bien. Esta noche, exactamente a las doce en punto, las enviaré a los correos de los cuatro —dijo Emilio—. Y mañana... Bueno, mañana que sea lo que tenga que ser.

¿Qué será de nuestro mundo?

Stirling, abril 1992

Querido Emilio:

Considera este comienzo de carta una expresión literal de mis sentimientos y una declaración de intenciones.

Así que, según tú, añadirme un adjetivo cariñoso en una carta solo se puede hacer con la excusa de la ironía... ¿Qué diablos te pasa? ¿Crees que estoy jugando contigo, que escribo por escribir, porque estoy aburrida, algo así?

Si eso es lo que piensas, te equivocas. Aparte de mis salidas con estudiantes franceses, alemanes, escoceses e incluso un griego, que no han llegado muy lejos, lo confieso, también recibo cartas de otras personas aparte de ti. La semana pasada, por ejemplo, recibí una carta de veinticinco folios de un estudiante de Filología Hispánica de León. Le pidió la dirección a mi hermana. Por lo visto, leyó los poemas míos que se publicaron en la revista del campus. De esos poemas dedujo que estábamos hechos el uno para el otro, y en la carta me proponía un ambicioso programa de vida que incluía, según creí entender, boda, hijos, viajes y barbacoa familiar.

No te lo habría contado si no fuera porque me da la impresión de que crees que te escribo únicamente porque estás ahí y yo me siento sola. Tengo mucha gente a quien escribir, Emilio. Gente que no consideraría empezar su carta con un «Querida Laura» como una broma muy graciosa.

¿Sabes lo que creo? Que tienes miedo. Tienes miedo de que te haga daño. Y de eso deduzco que te importo. No te vi demasiado asustado cuando le pediste a Elena que saliera contigo. Pero tú no compartes con Elena lo que compartes conmigo. Ese amor loco por las preguntas, por los misterios de todo lo que existe, por saber.

Ese amor tiene fronteras difusas. Al menos, para mí. Entusiasmarme con un artículo científico y con la idea de comentarlo contigo viene a ser lo mismo. Sin la segunda parte, la primera no tendría tanto interés. Es así. Constato una observación. Nada más.

¿Crees que yo no tengo miedo? En el último año, mi vida ha cambiado de arriba abajo. Mi padre ha muerto, mi madre está con tratamiento de antidepresivos, estoy viviendo en otro país, voy a hacer un curso de Civilización Francesa en París y luego a empezar el doctorado en Microbiología... Pero no solo ha cambiado mi vida. Está cambiando todo. La URSS, que parecía que iba a durar tanto como el imperio de los faraones, de repente hace plof y colapsa. ¡Si lo hubiese visto mi padre! ¿Y ahora qué? ¿Qué va a pasar con las bombas nucleares, quién se va a quedar con los misiles, con toda esa tecnología? Sin la amenaza soviética, ¿qué va a pasar con las democracias europeas? ¿Dejarán de competir en bienestar social con los países del bloque comunista? ¿Volverá el nazismo?

Me habría gustado tanto que mi padre viviera estos cambios. Él vibraba con la política internacional, con los nuevos descubrimientos, con una película, con un libro... Me parece tan injusto que alguien tan capaz de disfrutar de la vida ya no esté... ¡Y este año, además, su querido Barça puede ganar la Copa de Europa! ¡Y él se lo va a perder!

España también está cambiando. Viniendo de donde venimos, me parece casi increíble que vayamos a tener unos Juegos Olímpicos en Barcelona y una Exposición Universal en Sevilla. Estamos otra vez en el mapa. Piensa en lo que vivieron nuestros padres, todos esos años de aislamiento internacional... Y ahora yo estoy estudiando en una universidad británica porque sí, por fin somos Europa.

Ya te estoy viendo esa sonrisa entre impaciente y cínica mientras me lees. Estás pensando... solo cuentas lo bueno. No, claro que no. Los combustibles fósiles se agotan. La población mundial crece sin control. El problema del hambre es más grave cada día. El agujero de la capa de ozono se agranda, y al final tendremos que salir a la calle vestidos de buzo si no queremos tener todos cáncer de piel. El clima podría calentarse en los próximos cien años hasta hacer que se derrita todo el hielo del Polo Norte. Y, como nos explicó Paloma Liras en una de sus primeras clases, cada cien años más o menos se desata una pandemia con un virus de origen animal que procede de Asia. La última fue la gripe de 1914... No nos queda mucho para la siguiente.

Pero también hay avances. El otro día leí un artículo sobre una red de información que permite compartir datos en tiempo real desde cualquier ordenador del mundo. ¿Te imaginas?

De momento solo están conectadas algunas universidades e instituciones científicas, pero a lo mejor terminan conectándose todas. ¡Todo el saber del mundo compartido en una red! Supongo que tendrá sus peligros, pero suena fascinante. Leí que incluso, en el futuro, se podrían compartir imágenes.

¿Te acuerdas de cómo empieza esa canción de Los Ilegales?

Tiempos nuevos,

tiempos salvajes...

Es lo que vamos a vivir, Emilio, tiempos nuevos, tiempos salvajes. Así que no me vengas con ironías ingeniosas sobre si escribes «Querida Laura» o escribes, «Hola, Laura, qué tal». A estas alturas, ¿crees que me voy a tragar que, para ti, no soy alguien muy querida? No, lo siento, no me lo trago.

Vale, y ahora estás pensando que me voy a poner «moñas» y voy a hablar del valor de la amistad verdadera y voy a eludir «la cuestión». Pues no, no la voy a eludir.

Aunque sí voy a dar un pequeño rodeo...

Cuando en Física estudiamos las cargas eléctricas, siempre hay algo que no me cuadra. Me parece todo demasiado antropomórfico. Las cargas opuestas se atraen. Las cargas iguales se repelen. Como si las cargas tuviesen inclinaciones, aversiones, gustos, y eso formase parte del tejido del cosmos. Me suena a explicación mágica.

En cambio, piensa en la explicación de la atracción gravitatoria que da Einstein. No es que las masas se atraigan mágicamente. Es que una masa deforma el espacio-tiempo a su alrededor, haciendo que otra masa se deslice por él en su dirección.

Bueno. Yo lo veo así. Aquí estamos tú y yo, planetas flotantes en una realidad compleja. Cada uno con su mezcla de entusiasmos, pasiones, sueños... que transforman el mundo a nuestro alrededor.

Cuando piensas en mí, no piensas en un planeta aislado, en el planeta Laura. Piensas en cómo el planeta Laura cambia la forma del universo a su alrededor y te hace gravitar hacia él. Y a mí me pasa lo mismo con el planeta Emilio. Es el planeta y su gravedad, su visión del mundo, su manera de soñar, de entender, de hacer preguntas, de existir, lo que me atrae.

Te veo hirviendo de ganas por trastocarme las metáforas. Seguramente si estuviésemos tomando un café o un corto en el Húmedo, ahora me preguntarías... Muy bien, señorita. ¿Y cuando dos planetas se atraen, qué pasa? Colisionan y se destruyen mutuamente. Qué buen plan...

A ver. La metáforas llegan hasta donde llegan.

Si tú y yo colisionamos, no puede pasar nada tan grave. Pasará algo dulce y apasionado o enloquecido o... Tiempos nuevos... Tiempos salvajes...

Eres un científico. No me digas que no sientes curiosidad. Todo esto puede convertirse, si tú quieres, en el más intenso de los experimentos. Iremos con cuidado: ensayo y error. Te prometo que no nos haremos daño.

No tengas miedo, Emilio. Recuerda la letanía de las Bene Gesserit en *Dune:*

No debo tener miedo.
El miedo mata la mente.
El miedo es la pequeña muerte que conduce a la destrucción total.
Afrontaré mi miedo.
Permitiré que pase sobre mí y a través de mí.
Y cuando haya pasado, giraré mi ojo interior para escrutar su camino.
Allá donde haya pasado el miedo ya no habrá nada:
Solo estaré yo.

No. Estaremos los dos. Estaremos juntos.

También en *Dune*, un personaje, no recuerdo su nombre, le pregunta a Paul: «¿Qué será de nuestro mundo?».

Yo no lo sé, Emilio, no tengo una bola de cristal. Pero sé que me gustaría descubrirlo contigo.

Un gato peor que el de Alicia

León, abril 1992

Querida Laura:

(Observarás que no he añadido ninguna observación sarcástica).

Querida, querida Laura...

Estoy empezando a cogerle gusto a esto...

Querida Laura, mi amor...

No. Espera.

¿Ves? Este es el problema.

Hablas de experimentos con lo que sentimos. Hablas de ensayo y error. Pero aquí lo que se nos puede romper no es un matraz aforado. Es el corazón.

Y me dices que tengo miedo... ¡Claro que tengo miedo! Y, si tú no lo tienes, es porque siempre has sido un poco temeraria. Y un poco inconsciente también.

Así que el planeta Emilio y el planeta Laura se atraen, consiguen equilibrar mágicamente sus masas y distancias para evitar el colapso gravitatorio y se embarcan en una eterna danza uno alrededor del otro, como la Tierra y la Luna. ¿Quién sería la Tierra y quién la Luna, por cierto? Tú pesas menos, pero serías la Tierra, sin duda. Primera paradoja gravitatoria que volvería loco a Newton.

El problema es que Laura puede sentir la atracción gravitatoria del planeta Emilio, con sus conversaciones, su visión del mundo, todo lo que quieras, pero en el fondo Laura no sabe nada del planeta Emilio, no sabe nada de sus desiertos, de sus océanos solitarios, de sus picos y sus valles, de sus peligrosas junglas. Y a Emilio le pasa lo mismo con el planeta Laura. En el fondo, solo ve desde el espacio esa joya esférica flotante, su fantástico azul y los continentes verdes y pardos perfectamente dibujados, las masas de hielo en los polos, las espirales de la borrascas. Pero ¿qué pasaría si aterrizase en ella? De repente el azul se vuelve un mar encrespado y violento, la tierra una cordillera... Bueno, no sigo, lo has pillado.

Laura, no sé cómo decírtelo. No saldría bien. Yo no tengo muy buen carácter. Soy desconfiado, cínico, gruñón, pesimista, impulsivo, iracundo… La maldita testosterona me vuelve extremadamente sensible a los niveles bajos de serotonina, ya sabes, el neurotransmisor de las comparaciones… los tíos somos muy competitivos, aunque intentemos no serlo… Y tú, Laura, eres un encanto, y lo sabes, lo sabes demasiado bien, pero también eres impulsiva, sensible, extrema, y, si me lo permites, estás como una cabra, eres extremadamente susceptible (lo he sufrido en mi piel más de una vez), y un choque entre nosotros dejaría en ridículo a una colisión entre un electrón y su partícula equivalente de antimateria (el positrón, como bien sabes).

Me gusta hablar contigo. Me gusta dejarme llevar por tu lógica un poco en el filo y especular sobre las cosas más variopintas (chips implantados en el cerebro, nanotecnología para producir medicamentos directamente en el tubo digestivo, vacunas de ARN, etc). Pero no tengo ningún interés en hablar contigo de otras cosas como, por ejemplo, qué compramos en el supermercado, hace falta echar gasolina, no has pagado el seguro del coche, ya me entiendes. No me imagino contigo viviendo todo eso, no te veo muy bien equipada para la vida práctica, perdona que sea así de sincero, y yo tampoco soy ningún modelo en eso, así que sería todo una catástrofe.

Me siento fatal por lo que te estoy escribiendo. Tu carta es muy valiente y yo… lo siento, no estoy a la altura. No tengo tanto valor. No quiero arriesgarme a perder a una amiga por culpa de un experimento.

Y vale, ya que me he propuesto ser sincero, digámoslo todo. Quizá me arriesgaría si pensase que de verdad sientes lo que yo. Pero no lo creo.

Durante cuatro cursos hemos salido bastantes fines de semana en grupo. Siempre he sido yo el que te acompañaba a casa. ¿Tú por qué crees que un tío se ofrece a acompañar a una compañera a su casa, que está en la otra punta de León, siempre, siempre, siempre? ¿Cuántas veces crees que, al llegar a tu puerta, me dije, esta vez sí, esta vez nos besamos? ¿Y por qué crees que nunca pasó? Porque yo espiaba cada gesto tuyo, cada mínimo cambio de expresión, estaba pendiente del tono de tu voz, de cada palabra que decías… y nunca encontraba lo que tan desesperadamente quería encontrar. Ese temblor en la voz, esa palabra dicha en voz baja… No, Laura. No estaba allí.

A lo mejor piensas que eso ha cambiado. ¿Por las cartas? A lo mejor leyendo estas tonterías que escribo te has imaginado a un Emilio que no se parece mucho a mí. Y a lo mejor, cuando me tengas delante, te arrepientes un poco de haber querido empezar el experimento.

Me siento como Cyrano de Bergerac, solo que escribiendo en secreto mis propias cartas, desdoblado en dos. Y tú te has enamorado de las cartas, pero no de mí. Y cuando me tengas delante no sabré qué decir, me quedaré mudo, pareceré tonto, me enfadaré conmigo mismo y diré algo desagradable y borde para disimular, y tú te apenarás, y pensarás que te has equivocado, y tendrás razón.

Intentas utilizar la relatividad general para convencerme de que lo nuestro podría funcionar. Pero Laura, el mundo de los sentimientos es el mundo de lo infinitamente delicado, y eso no lo explica la relatividad, sino la mecánica cuántica.

Nena, el experimento que me propones me suena al del gato de Schrödinger. Sé que lo conoces porque lo hemos comentado alguna vez. A ti te encanta pronunciar Schrödinger con mucho acento alemán, dices que es lo único que sabes decir bien en ese idioma, y a mí me encanta escucharte, me entran ganas de estudiar alemán… Bueno, a lo que íbamos.

En el experimento, un gato se coloca en una caja con un dispositivo que puede liberar veneno en cualquier momento, dependiendo del estado de una partícula subatómica. Según la teoría cuántica, la partícula está simultáneamente en todos los estados posibles hasta que se mide, momento en el que «colapsa» en uno de esos estados. Lo que significa que el gato está a la vez vivo y muerto… hasta que alguien se empeña en abrir la caja para «medir su estado» y lo estropea todo.

Esto es lo mismo, Laura. A ver si, por empeñarnos en abrir la caja, nos encontramos con que el gato está muerto… Mientras no nos empeñemos en analizar, en medir, en nombrar, podremos seguir en este estado de superposición cuántica donde es posible ser todo a la vez: amigos, amantes, camaradas, extraños…

Pero, si empezamos a decir «la gran palabra», eso equivale a abrir la caja. La función de onda deja de estar en un estado de superposición y colapsa. Y una vez que la función de onda colapsa, no hay vuelta atrás. Esa es la única realidad posible. El gato está, o vivo, o muerto, y no hay espacio para el misterio.

Yo no estoy preparado para eso. No quiero que se pierda el misterio, la indefinición, quiero que todo siga siendo posible a la vez. Ser tu amigo, ser tu novio, ser el padre de tus hijos, ser nadie en tu vida. Yo necesito que nuestra función de onda siga flotando en la superposición un poco más de tiempo. Y por eso no diré la gran palabra de cuatro letras. No te la diré. No por ahora. Quizá nunca.

Pero estoy pensando que explicar todo esto ya es hacer colapsar la función de onda, matar la incertidumbre. Es… decir demasiado.

Vamos a dejar en paz al maldito gato de Schrödinger. Prefiero que esto que hay entre nosotros tenga vida propia, que tenga su propia magia. En lugar del gato de Schrödinger, me quedo con el gato de Cheshire, el gato sonriente de las noches de Alicia. Nunca sabes cuándo va a aparecer ni lo que va a decir. Sobre todo, nunca sabes cuánto tiempo se va a quedar. Pero sabes que, cuando decida irse, lo último que quedará flotando en el cielo oscuro será su sonrisa.

Te quiero, Laura. Lo que siento por ti es AMOR con mayúsculas. Esta es la función de onda colapsada, la declaración sin vuelta atrás, el gato de Schrödinger vivo, lo que quieras. Lo sería si lo dejase salir de la caja. Si te enviase esta carta, si algún día llegases a leerla. Pero la carta no va a salir de mi habitación. El gato está a salvo, el misterio también.

Y tú creerás que no hay carta, que no hay gato. Creerás que solo hay silencio. Y a lo mejor lloras. No quiero imaginarme eso. Pero luego empezarás a imaginar otros mundos, antes o después pasará a tu lado un conejo blanco con chaleco y un reloj de bolsillo, y dirá «llego tarde», y tú, por curiosidad, lo seguirás, y te adentrarás en el País de las Maravillas, y todo te parecerá mágico aunque no lo sea, y serás feliz, y yo no estaré contigo, pero te estaré espiando al amparo de la noche, y confundirás mi sonrisa con la luna, y todo estará bien.

Emilio

Epílogo

Desde la esquina de la plaza de San Marcelo con Santo Domingo, Andrés y Emma se detuvieron un momento a mirar hacia la terraza donde habían dejado instalados a sus padres esperando a que les llevasen el desayuno.

—¿Estarán bien? —preguntó Emma.

—Claro. Ya son mayores —la tranquilizó Andrés—. No te preocupes por ellos.

Echaron a andar rumbo a la catedral. No eran más que las nueve y media de la mañana. Todavía había pocos turistas por la calle, mezclados con algunos leoneses que habían salido a pasear o a hacer la compra.

—¿Cómo se lo tomó tu madre? —preguntó Andrés al cabo de un rato.

—No sé. Bien.

—¿No te ha dicho nada después de leer la carta?

—Esta mañana le pregunté. Dijo algo así como… más vale tarde que nunca, o algo así. Le pregunté qué quería decir. Me asusté un poco, por mi padre. Ellos se llevan bien… Y toda esta historia del pasado… A ver, es raro. Pero ella se echó a reír al notar mi preocupación, me revolvió el pelo, me dio un abrazo, me dijo… «Pero, Emma, ¿qué estás pensando? No va a cambiar nada. Yo quiero a papá, todo sigue como antes».

—Entonces, ¿por qué dijo lo de «más vale tarde que nunca»?

—Eso mismo le pregunté yo. Me dijo que el silencio de Emilio después de su carta le había dolido mucho. Que se había sentido humillada. Que para ella había sido una pérdida muy grande. Era la única persona en esa época con quien podía hablar de los temas que le entusiasmaban, hacerse preguntas locas, atreverse a discutir sobre cosas como la física cuántica, de la que sabía poquísimo, pero le encantaba… Que, después de perder a Emilio, se había sentido muy sola.

—Claro. Se supone que estaba enamorada…

—Sí. Fue un poco tonto, tu padre, perdona que te lo diga.

Andrés se echó a reír.

—Eso decía esta mañana él también.

—¿Crees que se arrepiente?

—¿Mi padre? —Andrés se encogió de hombros—. No creo. Arrepentirse no es su estilo. No da muchas vueltas a las cosas cuando han pasado. Sigue adelante. Tomó una decisión y ya está. Él sigue creyendo que fue la decisión correcta.

—Pero si acabas de decir que se siente un poco tonto por lo que hizo… o por lo que no hizo…

—Sí. Piensa que fue cobarde. Pero también piensa que Laura… tu madre… no estaba enamorada de verdad. Le gustaba estar con él, se entusiasmaban juntos, se llevaban bien, se reían mucho… Pero él dice que ella no sentía lo mismo que él, que nunca lo había sentido. Solo que estando en Stirling, la soledad le pudo, y se convenció a sí misma de que se había enamorado.

—Es un poco arrogante creer que sabes más sobre lo que siente una persona que ella misma.

—Arrogante es una palabra que define bastante bien a mi padre. Por lo menos en los asuntos intelectuales. Pero es buen tipo. Y está muy contento de haberse atrevido a enviar esa carta, aunque haya sido con treinta años de retraso.

Habían llegado hasta la plaza de la catedral. Se acercaron a contemplar las esculturas de la portada principal. Representaban el juicio final, con los justos a un lado, encaminándose hacia el cielo, y al otro los pecadores, que iban a parar a unas grandes calderas en el infierno y a la boca de un monstruo.

—Los malos y los buenos —dijo Andrés—. Aquí todo parece muy fácil. Pero en la vida real, no somos tan buenos ni tan malos. Piensa en ellos, en cómo se trataron uno a otro... Lo hicieron lo mejor que pudieron.

—Sí —dijo Emma—. Al final, me parece que los dos lo pasaron mal.

Siguieron contemplando las esculturas en silencio. Luego fueron a mirar las de la portada sur, que estaban detrás de una reja y representaban a Jesús rodeado de los cuatro evangelistas.

—Una misma historia contada de cuatro maneras —dijo Andrés, pensativo—. Los antiguos eran muy modernos, si lo piensas.

Decidieron sentarse en la misma esquina de la otra vez para tomarse un helado en lugar de un desayuno corriente. Andrés pidió una bola de frambuesa y otra de limón. Emma, plátano y chocolate.

Emma seguía preocupada.

—A lo mejor no deberíamos haberlos dejado solos.

Andrés meneó la cabeza sonriendo. Se había manchado la comisura de los labios de rosa. Emma lo notó y, en un gesto espontáneo, agarró una servilleta de papel y limpió la mancha.

—Gracias. No te preocupes más por ellos —dijo Andrés—. Necesitan tener esta conversación. Cerrar heridas y esas cosas. Así podrán volver a ser amigos. Y creo que eso es algo que los dos quieren muchísimo. Por lo menos, mi padre sí.

—¿Tú en ningún momento pensaste que...?

—¿Que pudieran volver? —Andrés completó la frase por ella—. Sí, sí lo pensé. Si te digo la verdad... ¡tenía esa esperanza! A la novia de ahora de mi padre no la aguanto. Pero él me lo quitó ayer de la cabeza. Me lo dijo directamente. También me dijo que va a romper con Natalia. Y que no relacionase esa información con lo de las cartas, porque no tiene nada que ver.

Después del helado, hicieron tiempo merodeando por la plaza del mercado y las calles del Húmedo. Laura había quedado en llamar a su hija cuando terminaran.

En la calle de La Rúa vieron una *boutique* de ropa *vintage* de los años sesenta. Se llamaba Covent Garden. Por fuera del escaparate, en la calle, habían puesto unos maniquíes con vestidos de verano de estilo *mod.* Emma se quedó mirándolos. Uno era de cuadros, y el otro tenía un estampado Op-Art.

—Cualquiera de los dos te quedaría genial —dijo Andrés.

—No sé si probármelos...

En ese momento sonó su móvil. Era Laura. Intercambiaron un par de frases.

—Ya está. Viene hacia aquí, conoce esta tienda. Tu padre ya va camino de la casa de tu abuela.

—Ah... ¿A qué hora sale vuestro tren?

Emma consultó su móvil.

—En tres cuartos de hora. Iremos al apeadero en un taxi.

Los dos miraron hacia la estrecha calle que comunicaba La Rúa con la plaza de San Marcelo. Vieron a Laura a la vez. Ella los saludó con la mano.

—Oye..., ¿y nosotros? —preguntó Andrés.

Emma no fingió que no entendía la pregunta.

—Ya...

—¿Qué vamos a hacer? ¿Escribirnos cartas como ellos? ¿Correos electrónicos? ¿*Wasaps?*

Cuanto más se acercaba Laura, más urgencia había en la voz de Andrés.

Y entonces Emma hizo algo que ni siquiera le dio tiempo a pensar. Le rodeó el cuello con los brazos y le abrazó con fuerza. Cerró los ojos, apretó la mejilla contra la suya.

—Nunca nos separaremos —dijo, convencida.

Era consciente de que su madre los estaba viendo, pero no le importaba. También sabía que sus palabras podían sonar exageradas, sentimentales, locas... Pero estaba segura de que Andrés no iba a interpretarlas así.

Él respondió con toda su alma a su abrazo.

—Claro que no —su voz tembló de emoción—. Y me da igual cómo se llame esto. Amor, amistad o curiosidad científica.

Emma se echó a reír, pero tenía las mejillas llenas de lágrimas.

—No dejaremos que nuestra función de onda colapse nunca. Sea lo que sea eso —afirmó.

—No. Dejaremos todas las posibilidades abiertas.

Se separaron. Laura los estaba mirando con una sonrisa melancólica en la cara.

—Sois maravillosos los dos —dijo—. No tengáis miedo, todo saldrá bien.

Apuntes de Emma

ASTRONOMÍA

Aurora boreal 🌌🌈

Un espectáculo mágico de luces en el cielo nocturno. Sucede en lugares cercanos a los polos cuando partículas solares chocan con la atmósfera de la Tierra. Los colores danzan en el cielo como pinturas brillantes.
(Nota mental: Mi madre asegura que vio una en Escocia. ¿La vería de verdad o serían las explosiones de colores de su imaginación? 🎆🌠). #LucesCelestiales

Cinturón de asteroides 🪐🌌

Es una región del sistema solar que se encuentra entre las órbitas de Marte y Júpiter. Contiene una gran cantidad de asteroides, que son rocas y fragmentos de material que nunca llegaron a formar un planeta debido a la influencia gravitacional de Júpiter. Los asteroides en el cinturón pueden variar en tamaño, desde pequeñas rocas hasta objetos mucho más grandes. #VertederoCósmico

Eclipse de Luna 🌕🌑

¡Lo que pasa cuando el Sol se mete entre la Tierra y la Luna! Jeje, esa es la definición de don Dionisio 😆. En realidad, un eclipse de Luna ocurre cuando la Tierra se coloca entre el Sol y la Luna, y la sombra de la Tierra cae sobre la Luna. No es tan complicado, don Dionisio. (Nota mental: espero que los don Dionisios del mundo no sean los que planean las expediciones espaciales). #LunaEclipsada

Eclipse de Sol 🌞🌑

Es lo que pasa cuando la Luna se coloca justo entre el Sol y la Tierra, haciendo que la sombra de la Luna caiga sobre nosotros. Y entonces, por un momento, la Luna se convierte en la estrella del espectáculo 😎. Literalmente. (Nota mental: No mirar directamente sin protección. ¡Los ojos son valiosos!). #AstronomíaFTW

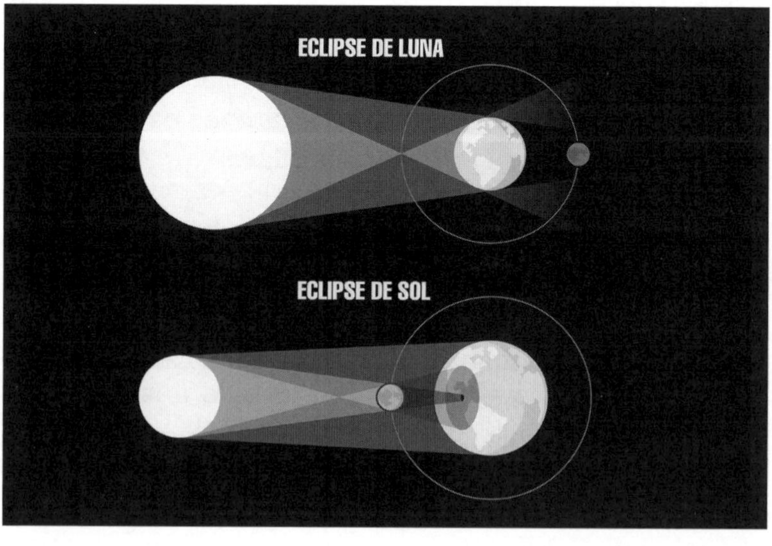

FÍSICA

Fuerzas newtonianas: las cuatro fuerzas fundamentales de la física ✨

Pues... A ver cómo lo explico. Son cuatro fuerzas básicas que lo mantienen todo unido: la gravedad (nos mantiene pegados al suelo), el electromagnetismo (lo de los imanes de la nevera), la fuerza nuclear fuerte (une los núcleos en los átomos) y la fuerza nuclear débil (hace cosas con partículas subatómicas 🤯). #FuerzasQueFuerzan

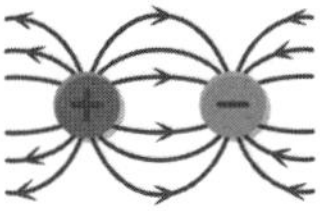

Gravedad (según Newton) 🍎

Según Newton, la gravedad es esa fuerza mágica que me hace caerme cuando trato de patinar 😅. Ahora en serio, es la fuerza que atrae dos objetos entre sí. Cuanto más grandes sean, más se atraen. O sea, que la manzana se cae al suelo porque la Tierra la atrae..., pero no es esa clase de atracción... irresistible... entre dos personas que... (me estoy liando). #NewtonRules

Gravedad (según Einstein) 🌌
Entonces, a principios del siglo XX, llega Einstein y dice: la gravedad no es esa atracción fatal que dice Newton. Lo que pasa es que los objetos masivos curvan el espacio-tiempo a su alrededor. Como cuando te sientas en un colchón y se hunde un poco. #EinsteinGenius

Máquina simple 🛠️
Básicamente, un dispositivo que hace un trabajo pesado más fácil. Como una palanca o una polea, que funcionan sin baterías ni wifi. 😜 ¿Quién necesita todo eso cuando tienes la física de tu lado? Ojalá existiesen máquinas simples para algunos trabajos pesados como entender a los más oscuros de mis seguidores... 🤔 #CienciaRocks

Mecánica cuántica ⚛️🔮
Es la parte de la física que estudia el mundo de las partículas más pequeñas, donde las reglas son tan extrañas como un sueño. Incluye leyes bastante extrañas como el principio de incertidumbre (no puedes conocer a la vez la velocidad y la posición de una partícula, algo así) o la dualidad onda-corpúsculo (hay partículas que unas veces son ondas y otras son corpúsculos, o, mejor dicho, las dos cosas a la vez).
(Nota mental: La mecánica cuántica se entiende fatal, pero da mucho juego para hacer comparaciones misteriosas sobre los sentimientos y tal. Si no, que se lo pregunten a mi madre 🤯🔍). #FísicaIncierta

- **Función de onda** 🌌📏
  Es una ecuación matemática que describe cómo se comporta una partícula en el mundo cuántico y las

probabilidades de sus estados posibles. Es como el mapa de las posibilidades que tiene una partícula en su vida. #PartículasConFlow

Colapso de la función de onda 🌌🌠
Esto me ha costado entenderlo. A ver cómo lo explico: en la mecánica cuántica, cuando medimos una partícula, su función de onda colapsa en uno de sus posibles estados. Es como si la partícula eligiera su camino cuando la observamos. (Nota mental: Yo también estoy al borde del colapso. Me voy a hacer una tortilla de patata con mi abuela 🥔🍳). #RealidadCuántica

- **Gato de Schrödinger** 🐱📦
Experimento mental en el que un gato podría estar vivo y muerto al mismo tiempo según las leyes de la mecánica cuántica. El físico Erwin Schrödinger ideó este ejemplo para ilustrar lo extraña que puede ser la mecánica cuántica. Nos hace cuestionarnos cómo entendemos la realidad a nivel subatómico. (Nota mental: ¿A nadie se le habrá ocurrido rodar la película del gato de Schrödinger desde el punto de vista del gato? 🤔🔬). #GatoParadoja

Relatividad general 🌌⚖️
Una teoría de Einstein que cambió cómo vemos el espacio y el tiempo. Describe cómo la gravedad se relaciona con la curvatura del espacio-tiempo, ¡como si el universo fuera una gigantesca manta elástica! (Nota mental: La relatividad general es como la coreografía cósmica que hace

que todo en el universo baile al ritmo de la gravedad 🕺💫).
#EinsteinGenial

Teoría unificada de la física 🌐

La teoría unificada busca la ecuación maestra, una que combine todas las fuerzas fundamentales de la física. Sería como descubrir la lengua madre de la naturaleza, la clave que lo explica todo, desde por qué las manzanas caen hasta cómo funcionan los átomos.
Parece que estamos lejos todavía de encontrar esa ecuación. Algunas teorías, como la teoría de cuerdas, son candidatas prometedoras, pero no se han podido comprobar.
(Nota mental: Seguir este tema; es como una novela de misterio, pero con más matemáticas y menos asesinatos).
#UnificandoElUniverso

QUÍMICA

Coloide 🌫️

Un coloide es una mezcla en la que partículas pequeñas se dispersan en un líquido o gas, pero no se disuelven. Piensa en la mayonesa, la espuma de afeitar o incluso la niebla. Las partículas están ahí, pero están tan bien distribuidas que no las ves individualmente.
(Nota mental: ¿Entonces la mayonesa y la niebla son parientes lejanos en el mundo coloidal? 🥗☁️).
#RelacionesInesperadas

Desnaturalización de las proteínas

La desnaturalización de las proteínas es lo que pasa cuando las proteínas pierden su estructura original por culpa de cambios en el ambiente, como el pH o la temperatura. Es un gran problema porque una proteína que cambia de forma ya no puede hacer su trabajo correctamente. Y sí, los enlaces de hidrógeno son los culpables aquí. Mantienen la forma original de la proteína, pero, si se rompen, la proteína se desnaturaliza.
(Nota mental: Cocinar un huevo es básicamente un experimento de desnaturalización de proteínas. Cocina y ciencia, ¡la mejor combinación!). #RompiendoMoldesLiteralmente

Enlaces de hidrógeno

Los enlaces de hidrógeno son fuerzas que mantienen unido un átomo de hidrógeno con otro de oxígeno (o de otro elemento que atraiga electrones) de una molécula diferente, pero es una unión débil... no tan seria como un enlace covalente (de esos en los que se comparten electrones de verdad.) Vamos, que se rompe con mucha más facilidad.

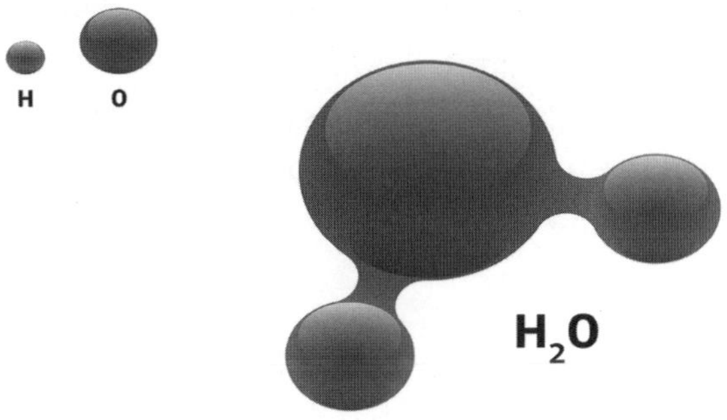

Es como si el hidrógeno y el oxígeno fueran compañeros de baile que se mantienen unidos, pero no tan pegados como para que sea incómodo. Por cierto, hay muchos de estos enlaces en el agua líquida, y más en el hielo. Tantos, que ahí ya las moléculas casi no se pueden mover.
(Nota mental: Así que los enlaces de hidrógeno son parecidos a eso que llaman el «amor líquido» del siglo XXI. Interesante... 😏). #QuímicaComplicada

Punto de congelación ❄️
Es el momento *drama queen* del agua, cuando decide que ya ha tenido suficiente y se convierte en hielo. Para el agua pura, eso sucede a 0 grados Celsius. Pero si le añades algo, como sal, el agua se pone quisquillosa y decide que no se congelará hasta que esté aún más fría.
(Nota mental: Este truco es por lo que echan sal en las carreteras en invierno. ¡No es un aliño para el asfalto! 😂). #FísicaFrigorífica

BIOLOGÍA

Artejos 👆🔀
En los insectos, son las piezas que forman las extremidades y otros apéndices articulados. (Mi madre me contó que una de las cosas más difíciles de la zoología era acordarse de cuantos artejos tenía cada especie de insecto en las patas... ¿de verdad hace falta aprender cosas así?). #InsectoFlex

Artrópodos 🐞🦀
Un grupo enorme de bichos (invertebrados) que comparten características como esqueletos duros por fuera, patas

articuladas y un plan de supervivencia bien diseñado por la evolución. Incluye a los insectos, arañas, cangrejos y otros. #BichosArticulados

Esporas 🍄
Las esporas son unidades de reproducción de algunos organismos, pero son muy distintas de las semillas. No necesitan fecundación para activarse, solo esperan el momento perfecto para crecer. Es como un tipo de reproducción «en solitario». (Nota mental: Así que las esporas son como los *freelancers* de la reproducción. No necesitan a nadie para empezar a trabajar). #IndependenciaMicroscópica

Fermentación 🍺
La fermentación es cuando microorganismos como las levaduras convierten azúcares en cosas como alcohol o ácido. Es el secreto detrás de la cerveza, el pan y el yogur. (Nota mental: Fermentación = fiesta para microorganismos y una fiesta en mi boca. Pero solo con moderación, claro). #CienciaYummy

Moho 🍞
Moho es ese invitado no deseado que aparece en tu pan cuando lo olvidas en la despensa. Es un tipo de hongo que adora los lugares húmedos y oscuros.
(Nota mental: ¡NO comer pan con aspecto peludo! A menos que quieras convertirte en un experimento científico). #PelusaAsquerosa

Nomenclatura científica 🧪📚
Es el lenguaje oficial de la biología para nombrar a las distintas especies de seres vivos. Cada especie se nombra con

dos palabras en latín, un nombre y un adjetivo. Este sistema se lo inventó Linneo, que era sueco (Nota mental: menos mal que a Linneo no le dio por poner nombres en sueco a todas las especies, sería todavía más lioso que en latín 🌍📝). #IdiomaBiológico

Putrefacción 🤢

Es lo que le pasa a la materia orgánica cuando deja de tener guardianes que la mantengan perfecta (o sea, deja de estar viva). Bacterias y enzimas rompen las proteínas y las grasas liberando sus apestosos componentes básicos, como el amoníaco y el metano. Es la química en su versión más maloliente y asquerosa. (Nota mental: La putrefacción es un cóctel químico que no quiero beber. Recuerdo para tirar la basura a tiempo). #QuímicaAsquerosa

MICROBIOLOGÍA

Antimateria 🌌💥

Es como el lado oscuro de la materia. Cada partícula tiene su versión «anti», con carga opuesta. Por ejemplo, la antipartícula que corresponde al electrón es el positrón: mismo tamaño, pero carga positiva.
Cuando una partícula y su antipartícula correspondiente se encuentran, ¡boom! Desaparecen en una explosión brillante de energía. (Nota mental: ¡cuidado con las chispas! ⚡🍦). #ElLadoOscuroDeLaFísica

Cloroplasto 🌿🌞

El chef de la célula vegetal. Cada uno de estos orgánulos, más que una cocina, es un complejo de cocina. Dentro hay pilas de discos llamados tilacoides, que capturan la luz solar y la convierten en comida para la planta (sí, eso se llama fotosíntesis). Ah, y son verdes porque tienen clorofila. (Nota mental: Los tilacoides son como las sartenes y cacerolas en una cocina profesional. Si no los tienes, no estás cocinando nada 🍳👩🍳).

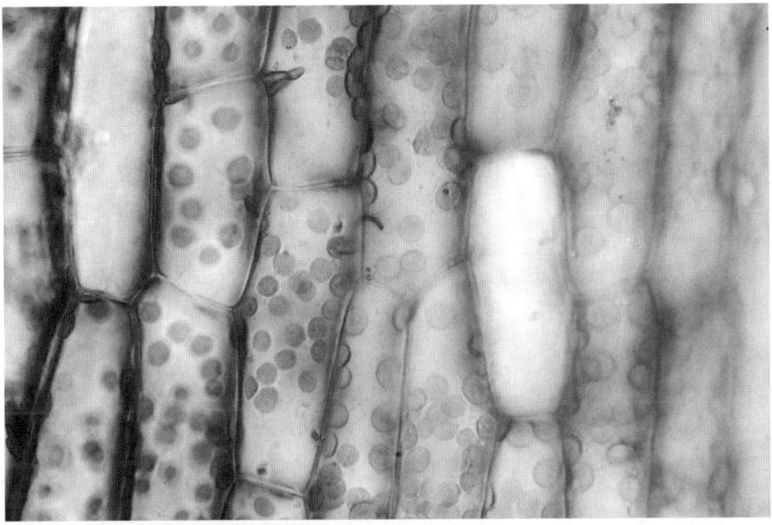

- **Amiloplasto** 🥔🍞
  Son cloroplastos descoloridos... no hacen la fotosíntesis y sirven como almacenes de almidón. Hay muchísimos en las patatas.
  (Nota mental: Es la despensa VIP de algunas células de plantas 🍷🥖).

Cristalografía de rayos X 🔬💎

Es una tecnología que nos permite «ver por dentro» las moléculas. Los científicos disparan rayos X a cristales y obtienen patrones que revelan cómo están organizados los

átomos. ¡Gracias a esta técnica, Rosalind Franklin ayudó a entender la estructura del ADN!
(Nota mental: Esta funcionalidad no viene todavía en los *smartphones*, ¿verdad?). #CámaraMolecular

Marcador fluorescente 🌈🎨
Sustancia que se usa para teñir partes específicas de las células y conseguir que brillen bajo el microscopio.
(Nota mental: ¡La fiesta de neón de la ciencia! 🎉🔦).

Microscopios

- **Óptico** 🤓🔬
  El típico microscopio de toda la vida. Amplía cosas pequeñas usando lentes y luz.
  (Nota mental: Es básico pero un clásico. Como los vaqueros de la ciencia 👖).

- **Microscopio de luz polarizada** 🌈💡
  Una versión más elegante del microscopio óptico. Usa luz que vibra en un solo plano y hace que ciertos cristales o fibras se iluminen.
  (Nota mental: El traje de gala del microscopio óptico 🤵👗).

- **Microscopio electrónico** 🎛️🔬
  Este es el Hulk de los microscopios. En lugar de luz, usa electrones para dar una resolución asombrosa.
  (Nota mental: Si el microscopio óptico es un ciclomotor, este es una Harley. La diferencia de precio debe de ser parecida 🛵🏍️).

Mitocondria 🏋️ ⚡

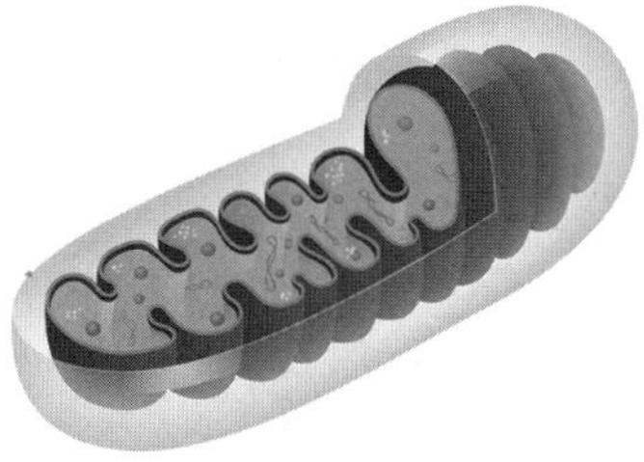

Estos orgánulos con forma de bastoncillos son las centrales energéticas de las células. Por dentro están forrados de una membrana con un montón de minimontañas o crestas, donde está la maquinaria para hacer ATP, la moneda energética de la célula.

(Nota mental: Las crestas son como las líneas de ensamblaje en una fábrica, donde se hace el trabajo real. Más crestas = más energía 🏗️ 🔋).

Neurona 🧠 💥

Célula superconectada del sistema nervioso. Tiene un cuerpo central (el soma), ramificaciones para recibir señales (dendritas) y una larga «cola» para enviarlas (axón).

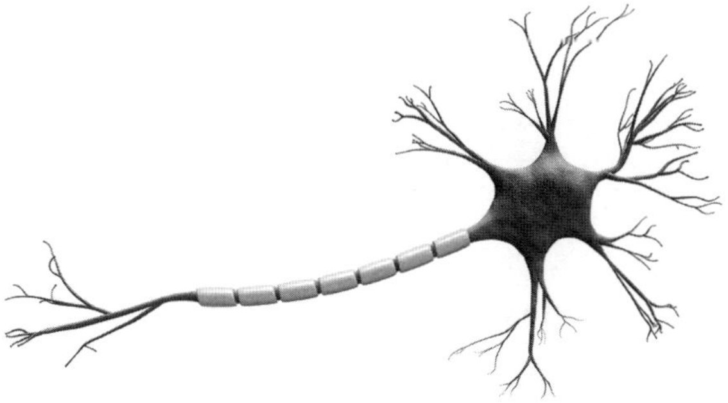

Neurotransmisores 🧠 ⚡

Son los mensajeros químicos del cerebro. Ayudan a las células nerviosas a comunicarse entre sí. Cuando tu cerebro quiere enviar un mensaje, los neurotransmisores lo transmiten. #ComunicaciónCerebral

- **Serotonina** 🧠❤️
  La mensajera del buen humor en tu cerebro. Es un neurotransmisor que juega un papel clave en la regulación del estado de ánimo, el sueño y otras funciones. Cuando tienes suficiente serotonina, te sientes contenta y relajada. Es como la píldora de la felicidad interna. #QuímicaFeliz

Placa de Petri 🍽️🔬
Es como un platito de cristal para criar microorganismos en el laboratorio. Los científicos ponen sustancias en él y las células crecen y se divierten, formando colonias que los microbiólogos pueden estudiar. #FiestaMicroscópica

Retículo endoplasmático rugoso 🏗️📦
Es como la fábrica y el servicio postal de la célula. Tiene pegadas esas bolitas llamadas ribosomas que ayudan a construir proteínas. Luego, las envía adonde deben ir. (Nota mental: Es como Amazon pero para proteínas. Hace, empaqueta y envía 📦🚚).

Ribosomas 🏭🔨
Las máquinas de construcción de proteínas de la célula. Se encuentran pegados por fuera al retículo endoplasmático rugoso, y también libres en el citoplasma.
(Nota mental: Si las proteínas fueran muebles de IKEA, los ribosomas serían los que leen las instrucciones y los ensamblan 🛠️🪑).

Testosterona 💉💪
Una hormona que se encuentra en los chicos (y en chicas, ¡pero en menor cantidad!). Controla cosas como el crecimiento muscular, la voz profunda y otras características consideradas masculinas.
(Nota mental: La testosterona sería como la directora de cine que determina, al menos en parte, el tono de tu película ✨🎬).

PALEONTOLOGÍA

Atapuerca 🦴🔍
Es como un archivo gigante de la historia humana en España. Un yacimiento donde el equipo de paleoantropólogos liderado por Juan Luis Arsuaga desentierra huesos, herramientas y secretos de nuestros antepasados, desde el *Homo antecessor* a los neandertales.
(Nota mental: Atapuerca es como un libro antiguo lleno de pistas sobre cómo éramos antes de los teléfonos móviles y los emojis. Bueno, ya, me he pasado… 📚📜). #ViajeEnElTiempoPrehistórico

Australopithecus afarensis 🚶‍♀️🦴
Uno de nuestros parientes lejanos que vivió hace unos 3-4 millones de años. Caminaban en dos patas pero aún tenían rasgos de simio. La australopiteca más famosa se llama Lucy, y fue un fósil que encontró Donald Johanson con su equipo.
(Nota mental: No sé por qué me recuerda a esa tía lejana de mi madre que aparece en casa de la abuela algunas navidades y… no sé, me hace preguntarme por mis raíces. 🤔🌳). #LucyInTheSkyWithDiamonds

Donald Johanson 🕵️🦴

El tipo que descubrió a Lucy en 1974. Un paleoantropólogo a quien le tocó la lotería científica al encontrar uno de los esqueletos de homínidos más completos y antiguos.
(Nota mental: Es como ese jugador que encuentra el tesoro en un videojuego de rol, pero en la vida real y con huesos en lugar de monedas de oro 🎮💰). #TheRealIndianaJones

Explosión cámbrica 💥🐚

Fue como si la vida en la Tierra dijera: «¡Vamos a la fiesta!» hace unos 541 millones de años. En un abrir y cerrar de ojos geológico, aparecieron un montón de criaturas nuevas en los océanos, muchas con conchas y partes duras. Cambió el juego biológico y dejó huella en la historia evolutiva.
(Nota mental: La explosión cámbrica fue como el estreno de una película donde aparecen un montón de nuevos personajes geniales 🎬🎉). #PartyPrehistórica

Hombre de Neandertal 🧔🦌

Homínidos del pasado parecidos a nuestra especie con cejas salientes, el cráneo alargado hacia atrás y mucho aguante en los climas fríos. Se parecían bastante a nosotros, pero con un toque rústico. Se extinguieron hace unos treinta mil millones de años, pero hemos heredado algunos de sus genes.
(Nota mental: Si *Homo sapiens* es la versión 2.0, los neandertales serían como la versión 1.5. O igual los avanzados eran ellos, vete a saber 🕰️🧟). #ParientesPrehistóricos

Homo habilis 🧑🔧

El primer homínido del género *Homo*. Vivió hace alrededor de 1,9 a 1,4 millones de años en África. Tenía el cerebro mucho más grande que el de los Australopithecus, aunque mucho más pequeño que el nuestro. Probablemente cazaba. ¡Fabricaba herramientas!

Hombre de Java 🌏🧠
Descubierto en 1891 por el anatomista Eugène Dubois en Java, Indonesia. En realidad es una forma temprana de *Homo erectus,* una especie humana posterior a *Homo habilis*, con individuos más altos y cerebros más grandes que sus antecesores. Dominaban la fabricación de herramientas y se les atribuye el uso controlado del fuego. Vivieron hace alrededor de 1,9 millones de años. #ExploradoresPrehistóricos

Hombre de Piltdown 🕵️🦴
Descubierto en 1912 en Inglaterra y calificado como «el primer europeo de la historia», resultó ser un montaje, una mezcla de un cráneo humano moderno con una mandíbula de simio. En 1953 se descubrió que era un fraude. #ElGranEngañoFósil

Olduvai 🏞️🔍
Un valle en Tanzania donde paleontólogos y arqueólogos han desenterrado herramientas, fósiles de homínidos y pistas que nos cuentan cómo vivían los antiguos *Homo habilis* y otros. #VentanaAlPasado

Trilobites 🦠🔬
Imagina bichitos prehistóricos que vivieron hace millones de años, parecidos a insectos pero con un rollo más marino. Tenían esa forma única en tres partes (de ahí el nombre) y

una especie de caparazón que parecía un casco espacial elegante. Fueron testigos acorazados del pasado antiguo.

(Nota mental: Los trilobites son como los exploradores de los mares antiguos, con sus propias gafas de buceo 🏊🔍).
#ModaPrehistórica

BOTÁNICA

Liqueen 🌿🍄

Es como un equipo de superhéroes en miniatura formado por un hongo y un alga. Viven juntos en perfecta armonía, el alga hace la comida y el hongo le da hogar y protección. Son como el Dúo Dinámico de la naturaleza.
(Nota mental: Los líquenes me suenan a una especie de sociedad ideal donde todos aportan algo a la comunidad 🤝).
#SuperAlianzaEcológica

Xanthoria elegans 🌞🧡

Es un tipo de liquen que forma una especie de tapiz naranja brillante sobre rocas y árboles. Aprovecha el sol para hacer su comida y agregar un toque de color a la naturaleza.
#LiquenEstrella

Nature or Nurture **(Naturaleza o Crianza):** 🌱🧬
Es el gran debate sobre quién influye más en cómo somos: ¿nuestra genética (naturaleza) o el ambiente y la educación (crianza)? ¿Somos una mezcla de mamá y papá o una página en blanco donde el ambiente va escribiendo nuestra historia? ¿O una mezcla de las dos cosas? (Nota mental: *Nature or Nurture* es como intentar resolver un misterio de detectives sobre por qué somos como somos 🔍🤔).

GENÉTICA

ADN (Ácido Desoxirribonucleico) 🧬🔍
Una molécula muy larga en forma de doble hélice formada por unidades llamadas nucleótidos. El ADN contiene las instrucciones para fabricar las proteínas que realizan las funciones de las células en cada momento.(Nota mental: El ADN es como un manual de instrucciones para construir un ser vivo. El manual de un pato no es igual que el de un cerdo... O sea, que el ADN de cada especie es distinto. Y estoy simplificando mucho, lo sé). #CódigoGenético

Herencia mendeliana 🧬🌿
Es el conjunto de reglas genéticas que el monje Gregor Mendel descubrió en sus experimentos con guisantes en el siglo XIX. Observó que algunas características de los guisantes como el color y la forma de las semillas se heredaban de manera independiente. Mendel estableció las bases de la genética, sin saber todavía lo que era un gen (y mucho menos el ADN, no se había descubierto). Sus descubrimientos fueron muy importantes, pero nadie le hizo ni caso.

(Nota mental: La herencia mendeliana es como la partitura original de la genética, escrita por Mendel con guisantes en lugar notas musicales 🎶🌱). #LeyesGenéticas

Ingeniería genética 🔬🔧

Es una tecnología que permite manipular los genes de los organismos para cambiar características específicas, como hacer plantas más resistentes o tratar enfermedades genéticas. (Nota mental: Me suena a una especie de cocina molecular donde puedes combinar ingredientes genéticos de manera única 🧬👩🍳).

Paleogenética 🦕🧬

Es la ciencia que estudia el ADN prehistórico. Los científicos extraen y analizan el ADN antiguo de restos fósiles, como huesos y dientes, para descubrir cómo eran nuestros antepasados. #ADNPrehistórico